KB097396

아무도
그립지 않다는

거짓말

변종모

당신의
반대편에서
415일

아무도
그립지 않다는

거짓말

변종모　당신의 반대편에서 415일

ᄃᆯ

길 위에서
만나게 될 모든
사실에 대해
진심을
다하는
일,

그리하여
그것에 좀 더
가까이 갈 수 있는
마음으로
걷는
일,

나에겐
그게
여행.

CONTENTS

part5 겨울 속의 겨울; 그루지야, 아르메니아, 이란

part6 꽃의 미소; 미얀마, 태국, 라오스

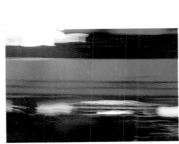

"왜? 또 여행을 간다구요?"

그건 내가 반드시 여기에 있어야 할 이유가 없어서지요.

내가 있어야 한다고 생각했던 곳에 내가 없었습니다.

존재하지만 가치 없이 부림을 당할 때가 많았지요.

세상이 나를 밀어낸다고 말하고 싶지 않습니다.

그냥 잠시 또 내가 길을 잃은 것이지요.

그래서 다시 스스로 길을 나섭니다.

내가 또는 당신이 자주 바라보던 그 먼 곳에서 이곳을 바라보고 싶었지요.

내가 사는 이유를 분명히 보고 싶었거든요.

아무래도 그것은 익숙한 곳에서 벗어나지 못하면 볼 수 없다고 생각했기

때문입니다.

언젠가 내가 반드시 필요할 때, 그때 또 아무 일 없었다는 듯 나타나면 되는

거지요.

정말로 그러려고 떠납니다.

더 이상 이곳에서는 나를 아무도 원하지 않는다는 것을 알았기 때문에.

다시 여행자가 되었다.

나는 자주 비슷한 간격으로 여행하며 살았다. 여행을 하는 동안 행복하다고 생각한 적이 많았으므로 버릇처럼 행복하고 싶었다. 하지만 그 행복이라는 것도 일상으로 돌아와서는 생활 속으로 끌어들이지 못하며 살았다. 여행처럼 살 수 없는 현실 때문이라고 변명하며 여행과 현실의 간격, 그것의 확실한 분리. 이어지지 않고 끊어진 시간에 부림 당하며 길 위에서는 여행자로 사회에서는 사회인으로 어느 정도 연기력을 갖춘 중견 배우가 되어갔다.

물론 나쁘지 않은 삶이다. 하지만 그것을 하나로 통일하면 조금 더 명확한 느낌으로 살 수 있지 않을까 생각했다. 오랜 여행을 했지만 나는 여행자도 아니었고, 자주 사회에 투입이 되었지만 완전한 사회인도 아니었으므로. 여행은 여행하는 동안만 유효했기 때문이었다. 완전한 여행을 하지 못했다는 증거. 완전한 여행이 아직도 뭔지 잘 모르지만 아마도 결국 혼자가 되어서도 내 안의 나를 만나지 못했던 이유이다.

반성이 없었기 때문에.

반성 없이 돌아오는 다음 단계는 없다는 것을 깨닫지 못했다. 소비만 있는 여행이 길었다. 좋은 것만 좋은 것이라는 생각으로 내 안의 쾌락만 생각하며 걸었기 때문이다. 많은 사람들을 만나고 많은 풍경들을 만났지만 결국 나에게서 벗어나지 못한 편협한 시각과 마음으로 그들을 대하고

봐 넘길 뿐이었는지 모른다.

사람들은 누구나 스스로를 너무나 사랑하므로 끝내 자신을 잘 버리지 못하기에 매번 같은 길을 반복하며 걷는다. 그래서 소비만 있을 뿐 소득이 없는 삶을 반복할 수밖에 없던 나를 생각한다. 늘 자신을 이기지 못하는 생각의 소비, 소통의 소비, 시간의 소비. 자신을 반성하지 않고 현상만 중요하게 여기는 시간, 억지 감동으로 스스로에게 도취된 시간이 길었다. 결국 반성할 마음 없이 길을 떠난다는 것은 불필요한 소비만 생산할 뿐이다. 자기반성 없이 다가오는 쾌락은 진정한 쾌락이 아니며 즐거움도 진정한 즐거움이 아니라는 것을 몰랐다.

다시 여행자가 되기로 했다.

모습만 여행자로 살기 싫었던 이유다.

그리고 다시 홀로 여행자가 되었다.

지금의 나를 이곳에 두고 홀로 떠나야겠다고 생각했다. 나를 데려가지 않은 나만의 여행. 저 먼 곳에서 이곳에 남겨둔 나를 바라보는 일. 그래서 마침내 여행을 떠나지 않고서도 여행처럼 살 수 있는 사람이 되고 싶었다. 끊임없이 반성하고 버릇처럼 반성해도 모자람 없는 것이 삶이라 여기며 나는 낯선 길 위에서 만나게 될 새로운 풍경 앞에서 그것을 다짐했다.

415일, 이 모든 이야기는 길 위에서의 반성문이다.

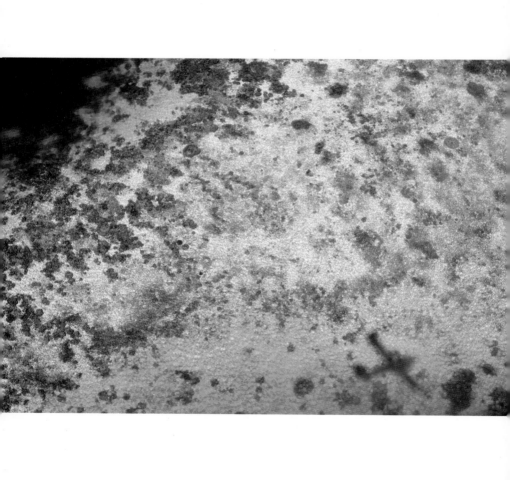

푸른 바다 위에 빗방울처럼 뿌려진 무수한 섬들. 두 눈은 가슴속에서부터 뜨거워졌으나 절대로 변치 않을 풍경이 발아래에서 푸르게 끓어오르고 있었다.

아주 오래전 인도 여행에서도 나는 자주 뜨거운 눈물을 흘렸다. 멀리 떠나와도 답답함이 가라앉지 않던 막막한 시절, 보는 풍경마다 서러움이 북받쳐 올라왔다. 그럴 때마다 떠나오기도 했지만 나는 자주 눈앞에 놓인 풍경에 공유할 길 없는 마음이 되어 서러워지곤 했다. 울고 나니 차라리 시원했던 찜통 같은 풍경들. 그것이 자주 내 속으로 눈물을 내거나 심장을 파랗게 물들였다.

그리고 나는 오늘 내가 본 가장 푸른 바다 위를 날아서 도무지 믿기지 않는 곳으로 날아가고 있다. 당신에게 꼭 한번 보여주고 싶다고 천 번이라도 말할 것 같은 섬. 나도 아직 이 섬을 밟아보지 못했다. 지나치게 푸른 바다와 그 위에 떠 있는 천 개의 작은 섬들, 솔로몬 제도.

솔로몬의 수도 호니아라*Honiara*는 이 나라에서 가장 큰 섬이지만 차가 다닐 수 있는 도로는 그다지 길지 않았다. 거리에 나와서 손 흔드는 간판도 없다. 마치 명함 없이 사는 나처럼 내세울 것 없는 풍경이 선명하게 들어왔다. 간혹 가로수 사이로 망고나무도 보인다. 세상에, 가로수가 망고나무라니! 도시락을 준비하지 않은 아이들은 등굣길에 그저 손 한번만

뻗으면 되겠구나! 왠지 이곳에 도착하는 날, 나는 첫울음을 시작하는 신생아 같은 마음이 되었다. 하긴 이런 곳에서라면 내 삶이 얼마 남지 않았더라도, 그 삶이 열 배쯤은 천천히 흘러갈 것이므로 조바심 낼 필요가 없다. 나는 천 개의 섬 중 이제 겨우 하나를 본 것이다.

사보 섬에서 그를 만나기 전 바닷길을 달리는 동안 돌고래 떼가 내 곁을 따라와주었다. '아! 이럴 수도 있구나. 그렇지! 이런 곳이라면 충분히 말이 되는군.' 온통 낯설고 그래서 모르는 것밖에 없는 작은 섬에서 그를 만난 것은 참으로 다행이었다.

바다와 산의 중간쯤에서 시작된 울창한 나무가 그가 살고 있는 곳을 완벽하게 가려놓았고, 동네라고 해봐야 몇 채 안 되는 방갈로 같은 집이 전부였다. 수도도 전기 시설도 없는 곳에 살고 있는 그의 이름은 존. 그의 아들도 존이고 그가 키우는 앵무새 이름도 존이었다. 수도 호니아라에서 존이라고 외치면 대부분 사람들이 뒤돌아볼 거라고 말하면서 그가 짓던 웃음은 바다를 닮아 있었다. 그 섬에 머무는 동안 나를 안내해주던 사람. 귀찮은 산길도 지루한 바닷길도 모두 그가 열어주었다. 우리는 해가 지면 잠시 헤어졌다가 해가 뜨면 다시 만났지만 내가 그에게 도움될 만한 것은 애초에 이 섬에 없었다.

섬을 떠나기 전날, 초대를 받아 다시 찾은 그의 집에는 바나나나무로

만든 침대와 낡은 가방 하나가 전부였다. 가족사진 한 장 붙어 있지 않은 방 안으로 사방에서 먼지 같은 빛이 투과되었다. 그의 여유로운 웃음만으로도 따뜻하고 여유로웠다. 아내는 큰 섬으로 일하러 나갔고, 그는 남은 가족들과 이 작은 섬에서 오래오래 지금처럼 살고 있었다.

"존! 당신의 얼굴을 그려주고 싶어요. 그렇게 해도 될까요?"

야자나무에 기대앉은 그의 얼굴 뒤로 한낮의 해가 조금씩 낮아지기 시작했다. 보잘것없는 실력으로 내 불안한 오른손이 하얀 도화지를 바쁘게 움직이는 동안 그는 여러 번 어색해 했다.

"나는 내 얼굴을 잘 기억하지 못해요. 내가 이렇게 생겼군요."

어설픈 나의 그림을 받아든 그는 수줍게 웃었다. 물론 자신의 얼굴을 정말 한 번도 본 적 없으랴마는 그는 나의 그림에 친절한 긍정을 달았다. 그리고 가방 안 낡은 노트 사이에 내가 그려준 초상화를 소중하게 넣었다.

나는 오래오래 기억할 것이다. 그림을 그리는 동안 상기된 표정으로 어색하게 웃던 그 검은 얼굴과 깊은 눈빛, 그리고 따뜻한 그의 말투……. 모두 내가 절대로 그려낼 수 없는 것이라는 걸 알기에 나는 그림을 그리는 동안 오래오래 그것을 새겨두고 싶었다. 거울 한번 본 적 없는 그의 표정이 왜 그토록 따뜻하게 출렁거렸는지 그의 웃음이 그것을 알게 했고, 작별 악수가 그것을 느끼게 했다.

나는 어떤 얼굴로 살아가는가? 나의 마음과 나의 얼굴은 같은 표정인가? 하루에도 몇 번씩 거울을 보면서도 어쩌면 나를 보는 것이 아니라 남들에게 내보일 내 모습 보는 것이 전부였는지 모른다. 내가 어떻게 생겼는지는 잘 알면서 정작 내가 어떤 사람인지 모르고 꾸역꾸역 살아가는 날들. 흐르는 시간 속에서 변하는 겉모습에만 익숙해지는 동안 나는 내 안의 나를 들여다보지 못하고 늙어간다.

존, 오래오래 지금처럼 행복하세요. 당신이 가지고 있는 것이 결코 나보다 적지 않다는 걸 알아요. 그리고 또 나는 알아요. 당신 마음 그대로 당신의 얼굴에 비친다는 것을. 부디 세월이 지나도 지금의 미소를 간직하길. 그렇게 당신을 바라보는 많은 사람들에게 따뜻하길.

Part 1
아직은 이른 봄

; 독일

비행기가 결항되었다는 소식을 인천 공항 카운터에 가서야 알았다. 갑자기 생긴 독일 여행 계획. 복잡한 마음이 뒤엉키던 시간이었기에 누군가 나에게 주는 선물이라 생각했다. 나는 얼른 벗어나야겠다는 생각만 했을 뿐 아무런 준비가 없었다. 덜컥 걱정이 앞섰다. 독일행 첫날부터 순탄하지 않은 조짐이라는 생각이 들었다. 독일 기차 여행을 제안한 그녀는 어느 날 밤, 이렇게 말하고 먼저 독일로 떠났다.

"우리 베를린 동역에 있는 맥도널드에서 저녁 여덟 시쯤 만나요."

명동 롯데백화점 앞에서 만나자는 것도 아니고 대륙을 건너 그것도 처음 가보는 장소에서의 약속치곤 너무 쉬웠다. 아, 그래요. 가능하다면 그때까지 무사히 도착할 수 있도록 노력하겠노라고 말끝을 흐렸지만 내심 긴장이 풀리지 않았다. 그냥 잘 되겠지, 라는 마음만 있었다. 그것보다 공항에 도착해 여덟 시간이라는 제한된 시간에 약속 장소에 근접할 수 있을지…….

프랑크푸르트에서 국내선 비행기를 갈아타고 베를린 테겔*Tegel* 공항에 도착하니 이미 약속 시간이 지났다. 이대로라면 모르긴 몰라도 밤 열 시를 넘길 텐데. 그녀, 그 정도의 인내심은 있겠지 하는 생각이 든다.

아직 봄기운이라고는 찾아볼 수 없는 전형적인 삼월의 유럽. 어둠이 유산지처럼 뿌옇게 퍼진 공항 밖은 분주하다. 이곳이 익숙한 사람에게도 또 나처럼 익숙하지 않은 사람에게도 베를린은 깔끔하게 밤의 인사를 한다. 누구든 밤이면 스스로 평온을 찾게 마련이지만, 그 시간 불안하고 낯선 환경을 살피는 나는 누가 봐도 여행자다. 여행의 시작이 늘 막막함이듯 여행자는 결국 막막함을 먹고 산다.

겨울의 끝으로 이어지는 기다란 버스는 어둠을 뚫고 점점이 박힌 도심의 불빛을 만진다. 책에서 본 베를린 초역Zoologischer Garten에서 정확히 버스는 정지했고, 낯선 밤거리에서 다음 탈것을 찾느라 두리번거리니 조금씩 여행자가 되어가는 기분이다.

나는 내가 만날 사람의 주파수를 찾아 이 도시처럼 낡은 전철을 탄다. 이미 약속 시간이 훨씬 지났지만 대륙 간의 이동을 하는 예측 불가능한 상황을 그녀도 모를 리 없으리라. 나는 곧 그녀가 기다리는 곳에서 두 손 번쩍 들어 인사하게 되리라는 것을 알고 있다.

가랑비가 쓸쓸히 내리는 늦은 밤. 베를린 동역Ostbahnhof은 공룡 배 속처럼 휑하고 따듯하다. 하루를 마감하는 상점들과 마감 없이 사력을 다해 불빛을 밝히는 상점 사이로 드문드문 늦은 귀가를 서두르는 발걸음. 그때 저기 까만 머리의 익숙한 그녀가 보인다. 쉽게 약속을 던져놓고 손을 흔들던 이유가 있었다. 글자만 읽을 줄 안다면 누구나 이 정도의 약속은 지킬 수 있도록 계획된 도시에서 우리는 만나기로 한 것이다. 그녀는 단단한 마음으로 약속을 던졌지만 부실한 나의 마음은 방금 전까지 급하

게 뛰더니 이내 아무렇지 않은 듯 평온하다.

"아, 당신 말처럼 이렇게 만나고 보니 뜬금없던 약속이 이루어지기도 하는군요."

확신이 없어도 가능성이 희박해도 믿어보는 것, 그것이 약속의 의미다. 당신이 그렇게 말했으니 나는 그대로 움직여보는 것. 그리고 확인해보는 것. 확신할 수 있는 것은 이미 지난 일. 어디 세상의 약속 중 과거가 있겠는가? 약속은 미래이며, 미래는 희망이다. 그리고 희망은 결국 우리 발로 찾아가는 것.

따듯한 커피와 흑맥주 한잔. 그러므로 지금 나는 무사하다.

결국 이렇게 만나고 나면 아무것도 아닌 것을 그동안 당신과 나 사이에 머물렀던 한 뼘의 간격은 얼마나 먼 것이 었는지요. 우리 허물어버릴 것이 있다면 빨리 허물고 말죠. 괜한 오해로 우리는 얼마나 많은 상처를 남겼는지. 각자의 앞만 보고 서로 등 돌려 사는 동안 당신이 그리워했을 나와 내가 그리워했을 당신은 더 이상 말하지 말기로 합시다. 이렇게 만나면 아무것도 아닌 것을. 그때는 왜 그랬을까. 어차피 볼 거라면 하루빨리 만나지기를 바랍니다.

잠시 비가 갠 하늘 아래 캔버스처럼 늘어선 담벼락. 그 담벼락에 그려진 아름다운 벽화들로 분단의 벽이었다고 말하기엔 너무나 우아하게 변해버린 베를린 장벽.

동역 근처에서 만난 베를린 장벽은 동서가 붕괴될 당시 사람들이 소원을 적거나 그려놓은 그래피티로 난무했다가 지금은 유명 화가들의 작품으로 재탄생되었다. 그 화려함은 마치 아팠던 기억을 즐겁고 담담하게 말하는 듯하다.

또 다른 구역에서 만난 장벽은 철장 안에 보호되어 있는 아이러니한 모습이다. 한번 풀려났다가 다시 갇혀버린 사람처럼 말이다. 수많은 사람들이 그때를 기억하려 기념품처럼 장벽을 뜯어내는 바람에 보호 차원으로 철조망 안에 다시 갇힌 것이다.

마지막 구역에서 본 베를린 장벽은 아예 처연하다. 인적 뜸한 골목길, 콘크리트 바닥에 세워진 콘크리트 장벽. 손때 묻은 장벽에서 이상한 온기마저 느껴진다. 나는 그 앞에 서서 손가락 굵기로 벌어진 틈 사이로 건너편을 바라본다. 눈앞에 어른거리는 내 앞의 벽과 건너편의 또 다른 벽 사이 비무장 지대. 폐교가 된 학교 운동장처럼 횅한 공간에 바람이 채워진다. 눈이 시리다. 얼마나 많은 사연들이 저 텅 빈 공간에 묻혔을까? 서로 분리된 채 이별의 공간에서 살던 시절은 차라리 이렇게 벽이라도 세워서 보지 않고 견디는 편이 나았으리라.

그날, 나는 끝내 보지 말아야 할 사람을 다시 본 것이다.

여행을 떠나오기 며칠 전, 오래전 헤어진 옛 애인을 만났다. 살면서 두 번 다시 만나게 될 일이 없을 거라는 생각은 틀렸다. 물론 순전히 내 쪽에서 거부했다면 만날 일이 없었겠지만 내 마음은 여전히 담을 쌓기 전이었는지 모른다. 헤어짐과 동시에 높은 담을 쌓아버린 날들. 그래서 한때 내가 가장 사랑했던 사람을 담 뒤에서 가장 처절하게 원망하면서 어쩌면 원수의 나날을 보낸다 생각했었다. 지금 생각해보니 그 생각은 대외적인 것이었다. 어떻게든 담을 넘을 수 있다면 넘고 싶은 심정이었지만 넘어서는 안 되는 일이기도 했다. 잠시 만날 수 있겠느냐는 전화 한 통에 나는 서울에서 부산까지 달렸다. 기차 안에서 생각은 빠른 속도로 과거로 달려가고 있었다. 만나지 말아야 한다는 것을 잘 알면서 마음은 이미 개찰구를 빠져나갔다.

그날도 오늘처럼 비가 오락가락 바다를 적시고 있었다.

아주 오랜만에 보는 익숙한 얼굴, 잘 지냈느냐는 상투적인 말로 시간의 공백을 메워갔지만 약간의 불편함과 헤아릴 수 없는 떨림이 전해질까 불안하던 재회. 멀리 광안리 바닷가의 광안대교가 이제 막 감정을 시작하는 연인들처럼 휘황찬란하게 빛나고 있었다.

예상대로 즐거운 식사는 아니었다. 변하지 않은 얼굴과 변하지 않은 말투 때문에 더 불편한 시간이 이어졌다. 평범한 듯 가정을 이루고 사는 모습이 부러웠을까? 길고 긴 공백 끝에 나만 늙어버린 사람처럼 힘없고 쓸데없는 말만 변명처럼 흐르던 시간. 보이지 않는 장벽 너머로 모든 것은 거짓말처럼 어색하게 진행되었다.

행복하다고, 그럭저럭 다른 사람들처럼 그렇게 잘 지낸다는 당신. 세상에 별다른 사람 없다고 그 사람과 행복하게 당신을 지키며 오래오래 살라는 맘에 없는 말을 진심처럼 해놓고 보니 정말로 나와 아무 상관없는 사람이구나 하는 생각이 들었다. 바다가 훤히 보이는 비싼 레스토랑에서 싸구려 맥주 컵에 담겨진 오렌지 주스를 맥주처럼 마시고 나온 늦은 밤, 여전히 하늘은 바늘 같은 차가운 비를 뿌리고 있었다. 그 모든 것이 나에게 결례처럼 느껴지던 밤이었다. 잘 살고 있다는 너도 나에게 결레이며 변함없는 나도 너에게 결례였던 시간. 우리는 어쩌다가 이렇게 불편한 그리움을 갖고 살게 되었을까.

널 만나러 이곳까지 달려오는 동안 내가 가장 많이 했던 상상이 그저 상상으로 끝나버렸다. 지금 네 곁에 있는 그 사람과 영원히 잘 살라는 터무니없는 결례를 하던 밤. 혼자 남아 배회하던 쓸쓸한 골목길, 모든 것이 장벽에 싸인 밤이었다. 이제 그만 허물어져 새롭게 시작하거나, 이제 그만 허물어져 아무렇지 않았으면 좋았을 밤에 내 욕심만 장벽처럼 높았다는 것을 알았다.

장벽 사이, 무수한 이야기가 빗물에 다져진다. 하늘이 무겁다. 갈라진 틈 사이로 불어오는 바람 때문에 괜한 눈시울만 붉어진다.

아직도 내 안에 허물지 못한 것이 남아 있나보다.

기차가 움직인다. 또 한순간의 인생이 움직이는 것이다. 우리는 대부분 같은 방향으로 함께 흘러간다는 동지 의식에 사로잡혀 서로에게 잠시나마 살가운 인사를 했다. 그 이유로 그 순간 우리는 서로에게 정성을 들였다. 잠시 너도 없고 나도 없는 그저 같은 방향으로 흘러가는 마음이 전부인 시간. 처음 보는 사람에게 인사를 할 수 있고 굳이 나를 발설하지 않아도 기분 좋은 자리. 늘 사는 게 그 정도였으면 좋겠다고 생각했던 시간. 하지만 끝까지 세상을 같이 견디며 함께해줄 것은 그 무엇도 없을 거란 걸 우리는 알고 있다. 그럼에도 불구하고 우리는 서로에게 정성을 다해야 한다. 인생의 한순간을 함께하고 있으므로. 당신이 사랑하는 부모도, 형제도, 연인도, 모두가 인생의 아주 짧은 부분만 같이 할 수 있도록 엮인 존재들.

알고 보면 우리는 모두가 잠시 여행자.

내가 아니면 안 되는 일 말고
이곳이 아니라도 상관없이
누구에게 무엇도 되지 말고
무엇도 되려 하지 않았으면 좋았을걸.
'그럼에도 불구하고'라는 말을 믿지 말고
'그것마저도 제외하고'라는 말을 안타까이 여기지 않으며
'그러니까'라는 칼날 같은 결정만 하지 않았다면
그랬으면 좋았을걸.

Part 2
여름의 서쪽

;미국

햇살은 도착하던 날, 단 하루였다. 마치 끝없는 훈련 속에 잠시 휴식하던 찰나 합류한 것처럼 정신을 차리고 보니 정신 차리지 못할 만큼 날마다 비가 왔다. 계속되는 비바람에 묶여 있는 조용한 도시가 이곳 사람들에게는 익숙하다. 꽃은 피고 있으나 여전히 겨울 같은 음침함이 모든 것을 한 단계 끌어내리고 있다.

시애틀 외곽, 한가로운 오전이나 그보다 더 한가로운 오후. 아무도 없는 산책로를 하릴없이 나선다. 산책로 끝, 평생 다른 계절은 한 번도 살아본 적 없는 듯한 조용한 강물 같은 바다가 있었다. 마치 검은 동굴 같은 숲을 빠져나가면 다시 밝아지는 세상처럼 환한 바다지만 여전히 회색 하늘에 눌려 일어나지 못하고 있다.

나는 매일 그 바다를 보러 간다.

집과 멀어질수록 숲은 검어지고 숲이 검어질수록 하늘도 사라진다. 이끼 낀 오래된 나무 사이로 부는 바람은 내가 알지 못하는 이곳의 옛날 이야기처럼 서먹하고 따뜻하며, 때로는 낮게 몸을 낮춰 불어온다. 너무 많은 것을 알고 있는 현자의 앞을 지나듯 조심스런 발걸음에 숨소리마저 줄이면 이곳엔 마치 아무도 없는 듯하다. 존재감 없이 흐르는 냇물도 아무도 없는 검은 숲을 걷는 나도, 모두가 바다로 향한다. 새 한 마리 날아가지 않는 조용한 산책 길. 속도를 내며 뛰다가 그것도 외롭다 싶으면 속 ᆞ

도를 줄이고 다시 걷는다. 노래를 부르다 멈추거나 앉았다가 뒤돌아서도 아무도 없는 검은 숲의 길.

　나는 여행하지 않는다. 어쩌다가 여기로 흘러와 이곳 사람처럼 행세하며 살고 있지만 누구와도 소통하지 않는다. 아직까지는 어디로 가야 할지 무엇을 해야 할지 그보다 어디로 가고 싶지도 무엇을 하고 싶지도 않다. 아무런 성과 없이도 죄책감 없는 날들이 다행스럽다고 생각하며 소리 없이 검은 숲을 걷는다. 하늘이 사라진 검은 숲 끝. 발밑으로 고요한 바다가 강물처럼 낮게 엎드려 있다. 나도 저렇게 아무것도 하지 않은 채 아무것도 아닌 것으로 당분간은 그렇게 스스로를 위로하기로 한다. 그렇게 다짐한다. 아무도 봐주지 않은 어두운 숲에서 성질 급해 먼저 봄을 선언한 꽃처럼 막상 바다에 서고 보면 정말 아무것도 할 일이 없다.

　나는 왜, 바다로 오는 것일까?

　어떤 날은 노부부가 눈인사를 하며 나의 반대편으로 사라지고, 또 어떤 날은 검고 커다란 개를 데려온 빨간 점퍼의 여자가 나를 앞질러 바다로 간다. 나는 홀로 남아 그들의 흔적이 사라질 때까지 오래오래 걷는다. 이 고요하고 오래된 바다에서 할 수 있는 일이란 그냥 걷거나 걷지 않는 일. 수평선을 바라보거나 내 발끝을 바라보는 일.

　나는 왜 먼 곳으로 와서 먼 곳을 바라보는 걸까? 발끝 근처까지 밀려왔다가 사라지는 파도처럼 이유 없이 흔들리고, 끝내 내 발끝을 넘지 못

하는 파도처럼 해결할 수 없는 어떤 이유가 자꾸 바다로 부른다. 자꾸만 상념이 바다처럼 펼쳐진다. 어떤 날은 잔잔하기도 했지만 어떤 날은 폭풍처럼 흔들리기도 한다. 그러면 멀미가 날 듯 어지럽거나 답답하다.

여행을 갈 때마다 어머니는 소심한 자식을 낳은 당신 스스로를 한탄하셨고 그래서 걱정이 더욱 잦으셨다. 자꾸만 어디론가 떠나려는 나에게 충고하듯 건네준 마지막 부탁도 나는 길 위에 올려놓았다. 그 길 위에 있는 동안 어머니를 잃었고, 꼭 일 년 반 만에 다시 길 위에 나를 올렸다. 또다시 떠나는 자가 되었다.

아무것도 하지 않기 위해서 아무 생각도 하기 싫어서 먼 곳으로 왔는데 결국 생각은 멀리 가지 못한다. 스스로 부끄럽고 어리석은 아들이 되어버렸다. 이해하지 못할 일을 이해해주셨던 어머니를 생각하면 후회해도 소용없지만 후회한다. 이제 더 이상 무조건적으로 이해해줄 사람은 세상에 없는 것이다. 이해 안 되는 공간에서 이해할 수 없는 날들을 보내는 동안, 잠시 어머니를 잊었는지도 모른다. 사는 게 팍팍했지만 어차피 이해 받지 못하더라도 우리들 대부분은 어떻게라도 살아야 했으므로. 그 틈에 내가 있어야 했으므로 의무처럼 살았다.

고요하고 아무도 없는 이 바다를 자주 서성거렸다. 소심한 마음으로 조용히 발밑에 깔린 바다를 보며 어머니를 불렀다가 수평선 위에 올려

보기도 했다. 아무도 없다는 걸 알면서도 소심한 마음에 행여 지나가는 새라도 들을까 그 이름을 부르지 못했다.

오늘도 이 바다엔 아무도 없다. 조용한 회색 바다에서 용기내어 어머니를 만난다. 먼 길에서 달려갔지만 장례식도 끝나버린 허무한 그날, 죄송해서 맘 놓고 울어보지도 못했기에 늘 마음이 무거웠다. 이제 세상 어디에도 존재하지 않는 존재.

큰 소리로 "엄마!"를 외치니 어머니는 생각보다 가까이 계셨다. 더 큰 소리로 "엄마!"를 외치니 어머니는 내 안에 계시다는 걸 알겠다. 눈물 날 정도로 크게 외치니 이제 어디서든 어머니가 계실 것 같다. 큰 소리로 부르니 어머니도 들으시는구나. 그래서 눈물이 나는구나!

나는 이곳 시애틀을 떠나는 날까지 매일매일 이 바다에서 어머니를 큰 소리로 크게 부를 것이다.

그리우면 큰 소리로 부르세요! 눈물이 나면 그 사람도 들었다는 겁니다.

아마도, 그럴 겁니다.

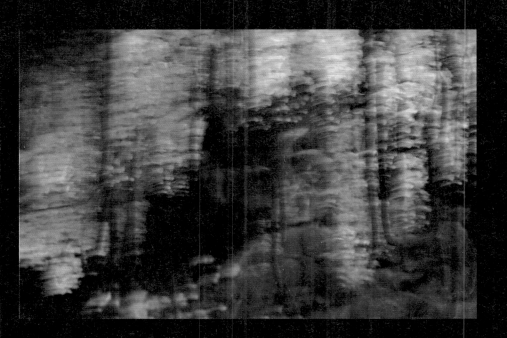

오월이 되고서야 밝은 날이 많아졌다. 지겹도록 내리던 비도 이제 이따금씩 그리울 정도만 내리고 대부분 태양의 날들이다. 모든 것이 밝아졌다. 이름 모를 노란 꽃들이 핀 도로를 따라 시장에 간다.

미국식 주말 장터. 물론 우리나라 시장과는 다른 것이 많지만 이곳 역시 대형마트에 비해서 사람 사는 냄새가 물씬거린다. 규격에서 벗어났기 때문이다. 손수 만든 쿠키와 직접 염색한 옷, 그리고 동네 노인들이 연주하는 음악과 신 나게 뛰어다니는 아이들…….

"오늘 어때요? 잘 지냈어요?"

누가 묻건 "그래요. 당신도 잘 지냈죠?" 하고 자연스레 대답한다. 무수한 인사 속에 서로의 어깨를 스치는 따뜻한 오후. 이곳은 미국이라 미국식 사랑이 흐른다. 모두가 감사의 마음으로 반짝거리는 오후를 즐기고 있다. 흥정도 있고 에누리도 있는 곳. 세상 어디를 돌아봐도 규격에서 벗어나면 본질은 다 똑같은 것이다. 이 아름다운 계절, 오월에는 누구나 행복해질 것이다.

근로자의 날, 나는 일이 없고
부처님 오신 날, 나는 종교가 없으며
어린이날, 나는 자식이 없고
어버이날, 꽃 한 송이 달아드릴 부모님이 없다.
스승의 날, 부족함 많은 나는 스승에게 면목이 없고
또한 늙는 일만 남은 나에게
성년의 날은 아무 의미가 없을 것이다.

하지만 오월, 감사의 달.
곧 새로운 내일이 시작될 것이며
그러다가 한번쯤 축하 받을 일 역시 생길 것이고
그럴 일 없다 할지라도 분노하지 말아야지.
차라리 아무것도 없던 날들을 감사해야지.
아무것도 없으므로 뭐든지 할 수 있는 날을
감사해야지.

그러고 보니 오월은 역시 감사의 달.

"우리! 껌처럼 달라붙어 떨어지지 말아요."
누군가 그렇게 말해준다면 행복할까?

주말의 재래시장. 시애틀을 다녀가는 사람이라면 누구라도 한 번쯤은 이곳을 다녀가는 모양이다. 북적거리는 수산시장에서 혼을 놓고 즐겁게 기꺼이 기절하기로 작정한 듯한 사람들. 그들은 삶의 애착이 강한 사람처럼 보인다. 마치 시험을 통과한 사람들의 파티처럼 한낮의 거리를 메운 사람들은 무조건 즐겁다. 오늘만큼은 한 번쯤 봐달라는 듯 마음대로 과식하는 연인들. 이 도시에 몰려든 사람들이라면 누구나 그렇게 해야만 할 것처럼 거리의 음악에 열광하고 서로에게 열광하는 한낮의 거리. 미국식 자유의 포만감에 트림하는 시애틀.

그 속에서 세상이 어떻게 되어도 어떤 식으로 흘러도 변하지 않을 나. 끊임없이 나를 괴롭히는 것들을 끝내 이겨내지 못하고 밀려나온 나 같은 사람은 때론 이런 식의 자유가 어색하다.

사랑이 밟히고 애정이 난무하는 거리. 무슨 놈의 반항인지 불편한 마음이 술렁거린다. 내 것이 아닌 것에 집중하지 못하는 시간. 남들의 사랑은 여전히 성가시다.

수산시장 아래로 난 내리막길에서 자꾸만 향긋한 냄새가 난다. 골목을 꺾으니 시야가 펴진다. 빨간색 벽돌 건물에 온통 알록달록 점점이 박힌 껌들. 고흐의 터치처럼 채색된 건물에 껌처럼 달라붙어서 껌을 붙여 놓고 사라지는 한 무리의 청년들. 그저 웃을 수밖에. 모두 약속이라도 한 듯 종이에 싸여 휴지통에 들어가야 마땅할 것들을 온통 건물에 붙여 놓는다. 의미가 있거나 없거나 누구나 이곳에서는 껌을 붙이고 환하게 웃으며 사라지는 것이다.

어떤 마음일까? 힘주어 엄지손가락으로 껌을 눌러 붙이고 가는 마음은? 저 말랑말랑한 껌을 무슨 마음으로 붙이고 사라지는 걸까?

드러내고 싶은 것이다. 이 마음. 너를 사랑하는 내 마음이 이렇게 오래오래 달라붙어 영원히 떨어지지 않기를 바라는 마음인 것이다. 내 속의 모든 검은 마음을 씹은 다음 붙여 놓고 사라지는 사람. 껌 하나에 모든 것을 담은 뒤 환하게 떠날 수 있다면 나도 그 곁에 서서 그러고 싶다. 누군가에게 전부였다가 아무것도 아닌 일이 되는 것. 그것은 어쩌면 껌을 씹는 순간보다 짧을 수도 있다. 하지만 사랑이, 믿음이, 관계가 껌 하나 붙이듯 가벼운 일은 아닐 텐데 우리는 그것을 믿으며 산다.

당신이 나에게 껌처럼 달라붙어 떨어지지 말자고 하면 나는 과연 어떤 기분일까?

얼마 남지 않았다고 누군가 말했다. 이미 알고 있었으나 그 말을 듣고 나서부터는 조금 더 절박해졌다. 그리고 나는 끝을 계획하고 있는 당신을 본다. 그러고는 나도 끝으로 향한 티켓을 점검한다.

얼마 남지 않았다는 것은 그만큼 그것에 시간을 많이 배분해야 한다는 것이고 가능하다면 애틋하고 절박한 심정으로 진심을 잠시나마 볼 수 있다는 것이지요. 그래서 좀 더 자세히 볼 수 있다는 뜻입니다. 부질없거나 희망적이거나 둘 중 하나지요. 내 마음이 변하지 않는 것처럼 당신 역시 변할 수 없으니 이제 정말 끝인 것이지요. 그렇다면 다음 세상을 기대해봐야지요. 나는 또 새로운 세상이 오길 기다리며 새로운 여행을 시작할 거요. 원망도 비난도 소외도 없는 혼자만의 여행을 할 거요.

이제 이 시간만 지나면 각자의 영역에서 살아야지요.

반나절 이상을 달려오는 동안 높이를 알 수 없는 나무와 이따금씩 보이는 수평선이 점선처럼 이어졌다. 오래전 타블로이드판 잡지에서나 본 듯한 낡고 조그만 상점과 주유원이 보이지 않는 한가한 오전의 주유소. 작은 동네, 집보다 적은 수의 사람들이 잠시 스쳐 지나갔다. 앞서 가는 자동차는 없었고 뒤따라오던 자동차가 방향을 꺾어 사라지면 다시 다른 색깔의 자동차가 나타났다가 같은 방향으로 사라졌다. 차가 소란하게 달릴수록 세상은 점점 고요해지는 듯했다. 밝은 정오의 햇살과 청량감이 묻어나는 바닷바람만이 이곳을 끝이라 말한다.

니 베이*Neah Bay*. 미국 북서쪽 맨 끝, 바다 건너 캐나다가 시작되는 곳. 마을이 사라진 지 오래된 거리. 국경은 보이지 않으나 국경보다 넓은 바다가 펼쳐진다. 아주 오래전부터 그곳에 있었으나 아무도 몰라주는 산속 오두막처럼 인적이 드물다. 철조망 같은 파도가 발끝에 닿는다. 나는 철조망을 넘어 바다에 발을 담그고는 멀리 수평선에 잠든 타국을 바라본다. 나지막이 앉은 땅이 낡은 선반 위 물건처럼 누웠다. 그곳에서 바라보는 이곳도 그러할까? 아무도 없는 이곳이 갑자기 다락방처럼 뿌옇게 외로워지기 시작한다. 타국에서 또 다른 타국 땅을 바라보는 일. 그것은 이것도 저것도 내 것이 아닌 어떤 경계의 것. 잠시 아무 곳에도 속할 수 없는 마음이 된다. 여행 중 문득 찾아오는 무소속감이 또 나의 마음 어느 한 경계에 걸렸나보다.

누구나 근본적인 것을 벗어나면 어디에도 속하지 못하는 것이 삶인데 나는 자주 공허하다. 그 공허가 단순한 허무이거나, 그 허무가 복잡한 외로움일지 모르지만 결국 모든 것이 예상에서 빗나가지 않길 바라는 마음이다. 일도 우정도 사랑도 그 무엇도 내 쪽으로 흘러주길 바라는 마음.

상대와 나의 중간에 두지 못하고 내 쪽으로 기울게 하는 것. 그것으로 타인의 마음을 사려는 일. 나의 마음만 앞서 타인의 마음을 나에게 강요하는 일. 때로는 나의 배려가 타인에게 불편을 초래할 수도 있는데 내가 떠넘긴 것들에 행복해 하지 않는다고 자주 불행했다. 반드시 내 쪽이어야만 내 것인 줄 알던 시간, 나는 자꾸만 그 경계를 침범했는지도 모른다. 가지려고만 하고 나눌 줄 모르던 시절, 소유하려고만 하고 이해하지 않던 많은 날들이 물거품처럼 밀려온다.

마치 세상의 끝처럼 적막한 정오의 시간. 나는 뚜렷한 경계 없이 펼쳐진 국경의 끝에 서서 오래된 마음 하나를 넘긴다.

있는 것을 그대로 두고 바라보는 일, 사실을 내 것으로 왜곡하지 않고 그대로 받아들이는 일, 그래서 함부로 그것을 넘지 않는 일.

사는 것은 결국 내가 나의 경계를 허무는 일이다.

축제의 불꽃이 하늘을 수놓기 시작했다.

누가 먼저랄 것도 없이 해가 수평선에서 사라지자 모두 기다렸던 것처럼 하늘을 올려다본다. 그리고 노래하듯 불꽃을 쏘아 올리기 시작했다. 시간이 익어갈수록 더 많은 사람들이 하늘을 향해 축배를 들고 불꽃은 더욱 선명해졌다. 당신의 눈동자처럼 가늘게 퍼져가는 불꽃. 그러나 당신처럼 어렴풋하지 않고, 조금 전 한 약속처럼 선명했다. 당신의 목소리처럼 명랑하게 피어오르던 불꽃, 허나 절대로 잡히지 않는 허공의 음성……. 당신이 말하던 무수한 희망처럼 하늘을 수놓은 모든 것이 내 것이 아니지만 순간, 나는 진심으로 행복하다 생각했다.

여름밤의 불꽃놀이. 그 밤, 나는 꿈을 꾸었던 것일까? 눈을 감으면 까만 어둠 속에서도 환하게 들리는 파도 소리와 그들의 함성. 귀를 막으면 적막의 어둠 위로 무수히 피어나던 여름날의 불꽃들이 가슴을 뛰게 했다. 잠시 피어올랐다가 사라졌지만 분명 꿈은 아니었다. 지금은 사라졌지만 여전히 가슴 뛰게 하는 어떤 기억처럼.

워싱턴 주의 롱비치, 이름 그대로 길고 긴 바닷가. 이 바닷가에서는 누구라도 텐트를 치거나 자동차로 달려도 상관없다고 했다. 백사장에 차를 가지고 들어가는 일을 생각해본 적 없는 나로서는 반가운 일이었다. 파도를 곁에 두고 끝없이 바닷가를 달리는 일은 영화처럼 근사할 것 같았고, 모래 위에서 별빛을 바라보며 잠드는 일은 공공연하게 노숙자가 되는 것처럼 야릇한 기분이 들기도 했다.

드문드문 텐트를 치고 야영을 준비하는 사람들이 보였다. 이틀 뒤 미국 독립기념일을 기념하기 위해 많은 사람들이 모일 거라고 했다. 나와 상관 없는 일이지만 마치 입주를 축하한다는 소리처럼 들려 기분이 좋아졌다.

끝이 보이지 않는 넓은 백사장 아무 데나 차를 세우고 텐트를 치거나 불을 지피면 그곳이 각자의 집이 되었다. 혼자 오는 사람은 없지만 혼자 지내도 외롭지 않을 만큼 작은 텐트에 옹기종기 모인 사람들. 때로는 여러 개의 텐트로 작은 마을을 이룬 사람들까지 모두가 아무렇지 않게 이웃이 되어갔다.

서먹하지 않을 정도의 거리에 차를 세우고 그들 곁에서 나도 무심한 이웃이 되었다. 파도 소리와 제일 먼 곳에 거처를 마련했지만 아무 데서나 흔하게 파도 소리가 들렸다. 가끔 나뭇가지를 주우러 백사장을 다니다 나와 눈이 마주치면 가볍게 눈인사를 건네는 사람들과 철없이 뛰어다니는 아이들만이 내가 만나는 이웃이었다.

끝없는 수평선을 바라보며 등을 말렸다. 나는 넓은 백사장에 모래알 같은 존재가 되어 따뜻한 모래를 끌어안고 누워 꼬박꼬박 한낮의 시간을 끊어냈다. 하릴없는 시간 동안 아주 오래도록 여러 노래를 들었고 발트 벤자민의 책을 읽다가 잠들기도 했다. 무릎을 세워 올려놓은 발끝에

하얀 구름이 걸리기도 했다가 이내 사라지는 것을 바라보던 길고 긴 여름의 한낮. 이대로 환한 태양 아래 여러 날을 보내고 싶지만 이내 석양이 물밑으로 가라앉고 모닥불이 타올랐다.

타닥타닥. 장작이 타들어가는 소리와 함께 무료함에 졸음이 밀려왔다. 파도가 밀려올 때마다 여름밤에도 가슴은 떨렸다. 환하게 타오르는 모닥불을 제외하면 온통 까만 밤. 바람이 데려가는 불씨들은 곧 별이 될 것 같았다. 첫 번째 노숙이 평화롭게 지나가고 있었다. 아무 걱정도 없던 고요한 모닥불의 밤. 뒷자리를 접어서 트렁크와 연결시킨 차 안은 튼튼한 텐트 같기도 하고 불편한 방갈로 같기도 했다. 드문드문 모닥불을 피워놓고 텐트 안으로 기어 들어가는 사람들을 보니 차 안에서 밤을 보내게 될 일은 그다지 걱정스럽지 않았다. 차창으로 들어오는 달빛과 아득한 밤하늘, 희미한 파도 소리를 들으며 선루프 사이로 쏟아지는 별들을 차마 셀 수도 없던 밤.

바라건대 이대로 평화롭게 시간이 흘러 나도 모르는 사이 나를 다음 생의 근처로 데려다주거나, 세상에 나오기 이전으로 거슬러 올라가 나도 모르는 내가 되어 오래오래 행복했으면 좋겠다고 생각했다.

늦은 아침, 생수통 하나를 들고 이를 닦는데 하룻밤 사이 동네가 분주해졌다. 늘어난 텐트로 황량한 백사장이 거대한 판자촌이 된 듯했다.

마치 유목민들의 거주지나 히피들의 동네처럼 술렁거리며 축제의 조짐이
보였다. 마치 폭풍 전야 같은. 한낮의 바다는 여러 종류의 음악이 뒤엉키
고, 사람들은 상기된 얼굴로 저녁을 준비하거나 그것마저 하지 않았다.

어제보다 조금 더 붉어진 노을. 노을을 따라 흘러간 많은 사람의 시선
이 수평선으로 사라지고 환호성이 들리기 시작했다. 아니, 갑자기 하늘
을 날아오르는 불꽃이 먼저였다.

나를 제외한 모든 사람들이 알고 있었다. 독립기념일, 수많은 나라의
독립에 걸림돌을 놓은 이 나라도 독립기념일이 있었다. 일제히 날아오르
는 수없이 많은 불꽃. 나는 소외감을 느낄 사이도 없이 그들 틈에서 환호
했다. 온통 까맣게 물들어가는 하늘이 일순간 꽃밭으로 변해버린 밤을
어떻게 설명할까? 해가 지면서 시작된 불꽃의 향연은 끝이 없었다. 모두
이날만을 기다려온 것처럼 세상의 모든 환호와 축배가 넘쳐나는 밤. 쉽
게 끝나지 않을 것 같아 마음은 더욱 두근거렸다. 저들은 앞으로 살아가
면서 무엇에 감동하고 환호할까? 오늘이 마지막인 듯 열광하는 그들이
부러웠다. 자정이 넘도록 멈출 줄 모르는 불꽃. 어두운 차 안에 누워 시
시각각 변하는 밤하늘을 바라보며 아주 좋은 꿈을 꾼 것만 같던 그날을
나는 기억한다.

세상에서 가장 빠른 것이 시간이라고 했던가? 모든 것은 지나고 나면
그저 순간인 것을. 아무것도 아닌 것을. 어쩌면 사는 동안 가장 행복했

던 순간만 기억하며 살아도 짧은 인생이다. 그 짧은 순간, 섬광처럼 빛나는 불꽃을 보면서 오래오래 행복했던 밤. 우리는 자주 슬픔에 밀려 행복했던 일을 기억하지 못하며 산다. 당신이 외롭거나 힘들거나 괴로워도 당신이 품고 있는 행복 앞에서는 아무것도 아니다.

잠시 출렁이다 사라질 짧은 인생. 나는 다시 모래알처럼 바람에 날리며 살겠지만 어느 날 문득 불꽃 같은 오늘의 기억이 피어오를 것을 믿는다. 비록 불꽃처럼 짧더라도 나는 그것을 믿고 살 것이다.

AM 01:20. 아무도 없는 복도 끝에서 전화기를 들었다.

"안녕, 잘 지냈지? 나는 지금 네바다 주 사막 끝쯤에 와 있는 것 같아. 여기는 깜깜한 밤이야! 일은 잘되고? 점심은 먹었어? 나는 지금 이틀째 사막을 지나고 있어. 너무 열심히 달렸더니 잠이 올 것 같지 않아."

두서도 없고 내용도 없는 일방적인 전화에도 그녀는 당황하지 않았다.

"선배, 혼자라고 생각하지 말아요. 선배는 사랑이 많은 사람이에요. 앞으로도 그럴 거고요. 그러니 걱정 말아요. 다 잘될 거예요."

갑자기 마음을 들킨 것 같아 막막해져 더 이상 통화를 할 수가 없었다. 다 잘될 거라던 그녀의 위로가 부끄럽다. 무거운 마음이 멀리 전화기 너머로 흘렀나보다. 그냥 말없이 밤을 보낼걸. 차라리 독백하고 말걸 그랬다.

복도 끝에 비치는 붉은 네온사인이 발걸음을 멈추라고 한다. 나는 잠시 움직이지 못한 채 혼잣말로 뜨겁게 중얼거린다.

"괜찮아! 정말 괜찮아! 아무도 없잖아. 그러니까 괜찮아."

"여행을 하면 어떤 기분인가요?"라고 누군가 묻는다.

"반쯤 불안하고 반쯤은 행복하지요"라고 대답한다.

그리고 다시 말한다.

"불안하지 않으면 행복하지도 않지요."

네가 사는 이 도시의 해변은 정말 아름답더구나. 덕분에 지루하지 않게 기다릴 수 있었다. 근사한 개를 데리고 산책하는 사람들, 더 이상 운동이 필요 없을 것 같은 날씬한 여자들의 조깅. 저녁노을이 간판에 비치는 시간, 군데군데 이르게 문을 닫기 시작하는 상점이 보였다. 하루를 마감하는 시간이 가까워 오자 아름다운 해변에 점점 인적이 사라졌다. 젊음 하나로 펄펄 나는 소년들의 환호성만 들렸다. 누구나 살고 싶어 한다는 그곳에 덩그러니 앉아 너를 기다리는데 이상한 처량함도 들었다. 반가움과 설렘이 먼저여야 하는데 말이다. 이른 시간부터 해 지는 바닷가 벤치에 앉아 네가 오기를 기다리는 동안 여러 생각이 오갔다.

많이도 변한 너와 그만큼 변했을 나. 친구라는 이유로 조금의 망설임 없이 너의 가족에게 나를 인사시키는 네가 고마웠고, 어떤 인사가 어울릴지 몰라 LA는 처음이라서요, 하며 얼버무린 내가 너의 막내아들보다 못한 언어를 가졌구나 생각했다. 말이 많은 내가 말도 없이 먹은 근사한 저녁은 너의 아내에게 다시 한번 고맙고 미안할 일이다.

어젯밤 떨어지는 빗방울만큼 무수히 흘러간 지난 시간 동안 누구보다 열심히 살아온 너의 그 길고 긴 이야기가 아름답다. 누구나 각자의 삶이 있지만 내가 함부로 흉내 낼 수 없는 너의 고단한 이야기가 나에게 또 다른 힘이 될 것을 믿는다. 부디 나의 이야기가 너에게 정중히 흘러 들어가

네 마음이 너의 진심에서 조금도 흔들리지 않기를 바란다. 때로는 나처럼 살아보고 싶다는 너의 말에 너처럼 살고 있지 못한 내가 미안한 밤.

누구도 고단한 너의 삶을 비난하지 않는다. 네가 지키고 싶은 것, 네가 바라는 것 지금처럼 행복하게 이루어가길 바란다. 너에겐 지켜야 할 사랑하는 가족이 있고 나에겐 아직도 가야 할 길이 남은 것처럼 각자가 어제처럼 살고 오늘처럼 걷다 보면 어느 날 문득 또 세상 어디쯤에서 다시 만나겠지. 어릴 적 그날로부터 아주 오랜 시간이 흘렀지만 너의 따뜻한 마음에 마치 그날이 어제인 것만 같다. 우리가 다시 만날 먼 미래 역시 바로 어제 같으리라 믿는다.

길 위에서 몇 번의 밤과 몇 번의 아침을 맞이했다. 북쪽보다 남쪽의 밤은 더 빨리 찾아왔고 지금은 다시 밤이 더 디 온다. 날씨가 조금 더 더워지기도 했고 구름 한 점 보이지 않은 호수 같은 하늘이기도 했다. 늘 곁을 따라다니던 바다도 어느 날은 검푸르게 웅크렸다가 어느 날은 하늘처럼 밝아지기도 했다. 같은 나라 같은 길 위에서 볼 수 있는 것은 풍경만이 아니다. 이 넓은 나라에서는 지구의 감각까지도 느껴지는 듯하다. 길고 긴 여정이다. 두세 차례 길을 잃어 다시 돌아가기도 했지만 문제될 것은 없었다. 같은 실수를 반복하는 바람에 내가 갈 길이 아닌 다른 길로 들어섰지만 그 또한 문제될 것은 없었다. 길은 명징했다. 실수를 하지 않았더라면 조금 더 시간을 벌 수 있었겠지만 오래도록 여행자가 되자고 다짐한 나에겐 대수롭지 않은 일이었다. 일부러라도 좀 더 오래오래 길 위에 남고 싶다는 생각을 한 적도 여러 번이고, 그만 빨리 끝내고 어디 한 귀퉁이에서 다리를 뻗고 싶다고 생각한 적도 있었다. 하지만 나는 이제 겨우 101번 도로를 벗어났을 뿐이다. 그렇게 누군가 꼭 가보라던 101번 도로의 끝에 나는 착하게 서 있다.

해가 지고 해를 닮은 전구가 선명히 사람들을 가두던 어느 저녁 술집. 여행에서 막 돌아와 다음 여행은 또 언제일까 싶어 아쉬운 마음으로 잔을 들던 시간. 몇 번 본 적은 없지만 늘 신중했던 그가 진중한 어투로 느리게 입을 열었다.

"부탁이 하나 있어."

"뭔데요? 어려운 건 하지 마요. 알죠? 나 소심해서 거절 잘 못하는 거?"

"만약, 미국에 간다면 서부 101번 해안 도로를 꼭 한번 가봐. 그 길은 내가 만난 가장 아름답고 처절한 길이야. 너도 그 길에 서면 나와 같을지 모르겠지만 말이야."

"어이쿠! 그게 부탁이에요? 당장 계획은 없지만 만약 그곳에 가게 되면 걸어서라도 다녀오지요."

농담으로 던진 말에 그는 느리게 웃었다. 아주 오래전 일이다.

그는 아직도 그날을 기억하고 있을까?

시애틀을 떠나기 전날 나는 그가 말한 101번 도로를 아껴두었다. 나는 그의 웃음을 믿었기에. 지금 그가 어디에서 무얼 하며 살아가는지 모르지만 나는 아주 오래전 그 이야기를 들은 날부터 지금까지 잊지 않고 있다. 어떤 길이기에 '부탁'이라는 단어를 사용한 걸까? 이 길을 생각할 때마다 그의 벌건 웃음이 생각났다.

어차피 왕복 일정으로 나서는 길이라 처음에는 좀 지루할 것 같은 5번 지방 도로를 따라 내려가기로 했다. 워싱턴, 오리건, 네바다, 애리조나, 플로리다. 그렇게 다섯 개 주를 거쳐 맨 아래 멕시코 국경까지 갔다가 돌아오는 길에 101번 도로를 만끽하리라 다짐했다. 그리고 여행은 시작되었다. 황량한 벌판과 불 같은 더위만 있던 곳에서는 때로 후회하기도 했다. 그냥 얌전하게 해안 도로를 따라 내려오다 다시 돌아갈 것을. 이미 후회해도 늦은 땀방울만 흘리던 시간. 이제 그 시간이 다 지나고 나는 101번 도로의 최남단 샌디에이고에서 희망찬 시동을 걸었다. 끝을 보리라는 다짐과 누군가의 행복한 부탁을 들어준다는 사명으로 페달을 밟았다. 그리고 나는 그 길 위에서 꼬박 일곱 번의 밤과 낮을 맞았다.

101번 도로는 아주 낡고 오래된 길이다. 'Historic Route of 101'이라는 현수막이 샌디에이고 어느 바다부터 펄럭이는 것을 본 듯하다. 2,478km. 가늠 안 되는 아득한 길이의 이 길을 얼마나 많은 사람들이 달렸을까? 무심하고 심심한 길은 때로 커다란 도시를 품었다가 때로 황량한 길을 내놓기도 했다. 이대로 계속 운전만 한다면 미쳐버릴지도 모르겠다고 생각했지만 나는 미치지 않았다. 아니, 허황된 풍경을 만날 때면 잠시 그 풍경에 미치기도 했던 것 같다. 쉬지 않고 달린다면 사흘이면 끝까지 달려볼 수도 있겠다고 생각했지만 그러기에는 너무 아까운 길이었다.

황홀한 석양이나 신선한 아침을 맞을 때면 행복했지만 인내심이 필요하기도 했다. 그 인내란 지루한 이 길 위에서 다시 외로워질 일과 그 외로움 끝에 있을 불안감 같은 추상적인 감정에서 오는 피곤함을 이제 그만 멈추고 싶다는 원초적인 것이기도 했다.

수많은 사람이 달렸을 이 길을 나도 지금 달리고 있다. 그들처럼 아무 일 없는 듯 그냥 달리기만 하면 될 길 위에서 하루에도 몇 번씩 후회하고 반성하면서 나는 자주 이 길을 원망하기도 했다. 어떤 날은 이유 없는 막막함에 더 이상 길을 가지 못하고 바다만 바라보기도 했고, 어떤 날은 그 막막함에 힘을 실어 콧노래를 부르기도 했다. 아무런 변화도 없는 길 위에서 나의 마음은 하루에도 몇 번씩 변했다. 끝없이 펼쳐진 태평양을 바라보며 아이처럼 환호성을 지르기도 했고, 지나가는 갈매기에게 손 흔들며 인사하기도 했다. 가도 가도 끝이 없는 길. 누군가는 산을 오르며 자신을 만난다고 했고, 어떤 어부는 망망대해에서 자신의 모습을 발견한다고도 했다. 나 또한 길 위에서 다양한 내 모습을 보았다. 그냥 우리가, 내가, 당신이 아무렇지도 않게 달려야 했을 그 길 위에서 나는 자주 나를 만났다. 눈앞에 펼쳐지는 풍경 사이로 문득 지나간 일이 겹쳐졌고, 그럴 때마다 나는 빤하게 펼쳐진 길 위에서 길을 잃은 듯하기도 했다.

　우리가 사는 것도 하나의 길고 긴 길을 걷는 것이라면 나는 지금 어디쯤 걷고 있을까? 지금껏 달려온 길을 믿고 끝까지 갈 것인가? 언제나 길은 명징하지만, 우리는 그 길 위에서 무엇을 만날지 모른 채 희미한 풍경 속으로 터벅터벅 걸어야 할 뿐인지도 모른다. 그렇게 걸음이 쌓여 길 끝에 닿았을 때 우리는 얼마나 아득한 여행을 했겠는가. 굳은살이 박이고 햇볕에 그을리며 그냥 걸었을 뿐인데 우리는 또 그만큼을 산 것이다. 내

가 믿는 것에 대해 끝까지 가보는 일. 그렇게 끝에 가닿는 순간 다시 펼쳐
질 또 다른 길을 만나는 것이다.

그도 나와 같은 마음이었을까?

나는 그곳에 다녀왔지만 그곳을 스치던 풍경이 아니라 그것들을 바라
보던 내 자신이 아득하다. 끝없이 이어지던 선명한 풍경 속에서 나는 점
점 그 속의 나를 떠올리며 풍경 속에서 밀려나는 느낌을 받았다. 그 아
득함의 끝에는 아찔한 고독도 섬뜩한 외로움도 있었지만 나를 자꾸만
길 위로 몰아세우는 어떤 희망 같은 것도 느꼈다. 마치 죽었다가 살아난
것처럼. 아득한 길, 끝없는 그 길 위에서 당신은 아무것도 아닌 당신을,
또 세상에서 가장 소중한 당신을 만나게 되리라.

부탁한다!

오늘 나의 뜨거운 마음이 이 길 위에서 오래오래 사라지지 않기를. 그
리하여 나도 그 마음 하나 안고 오래도록 길 위에서 살게 되기를 길에게
부탁한다. 당신도 미국에 간다면 꼭 서부 101번 해안 도로를 달려보기를
부탁한다. 그리고 또 부탁한다! 당신이 다른 이에게도 부탁하기를 부탁
한다.

그녀에게 메일이 왔다. 우리는 가능한 빠른 시일 안에 만나기로 약속했다. 나는 지금 이국의 낯선 곳에서 아주 오래전 길 위에서 만났던 그녀를 생각하며 그녀가 있는 곳을 향해 다시 낯선 길을 달린다. 오래전 그날, 전깃불이 들어오지 않던 밤. 촛불 아래 진지하게 나눈 대화를 마지막으로 꼭 이 년 만에 나는 다시 그녀를 보는 것이다.

살구가 열심히 익어가던 파키스탄 북부 훈자의 여름날. 살구나무가 흐드러진 테라스에서 앞산을 바라보며 시간을 죽이던 오후였다. 유창한 영어가 들려 고개를 돌리자 그녀가 환하게 웃고 있었다. 까맣게 그을린 얼굴의 동양 여자였다. 길에서 만나는 사람 특유의 바람 같은 냄새가 나던 그녀의 미소는 덜 익은 살구처럼 단단하고 흐트러짐 없었다. 단정하고도 예의 바른 그녀에게서는 왠지 모를 현명함이 느껴졌다. '헬렌 남'이라고 그녀는 자신을 소개했다. 한국 사람이지만 미국 국적을 가진 그녀는 나의 큰누나와 같은 나이였다. 하지만 나이를 실감할 수 없는 밝은 모습과 알 수 없는 든든함에 오래 알고 지내던 선배처럼 여겨져 그냥 누나라고 부르기엔 뭔가 아쉬운 감이 있었다. 함부로 스스로를 높이지도 않고 타인에 대해서 집요하지도 않은 사람……

사흘 동안 우리는 많은 이야기를 했다. 전기가 들어오지 않던 밤 촛불을 사이에 두고 서너 명이 둘러앉아 늦은 밤까지 이야기하면서 시간을 보내던 그때가 아직도 생생하다. 주로 길 위에서 일어난 일이나 앞으로의 삶에 대해 이야기했던 것 같다. 비올리스트인 그녀는 대학생이 된 아들이 있다고 했다. 아들은 미국 남부에서 학교를 다니고 자신은 틈날 때마다 자주 여행한다고 했다. 왠지 모르게 보통 여행자들과는 다른 진중함이 있었다. 잠시 일상을 벗어나 여행을 택한 그녀지만 여행은 그다지 중요하게 생각하지 않은 듯 보이기도 했다. 그녀는 아무나 함부로 지을 수 없는 온화한 표정을 가졌고 그것은 짧은 시간에 만들어진 것이 아니라는 생각이 들었다. 길 위에서 만난 사람. 우리는 모두가 높낮이 없이 같은 처지. 알 수 없는 동질감과 함께 그녀의 이야기를 더 듣고 싶었지만 각자가 계산한 시간은 한계가 있었다.

사흘째 되던 날 아침, 그녀는 짧은 인사와 함께 씩씩하게 떠났다. 히말라야 어느 봉우리 근처로 트래킹을 간다고 했다. 그것이 당연히 마지막이었다. 길 위에서 얼마든지 스칠 수 있는 인연 중 한 명이었지만 그녀는 오래오래 기억에 남았다. 그냥 그렇게 끝날 인연이 아니라 생각했었는지도 모른다.

여행이 끝나고 길 위에서 만난 사람들에게 안부를 전하는 과정에서 그녀에게 한 번 답장이 왔지만 계속 이어지지는 않았다. 모두 나와 마찬가지로 사는 일에 혼을 다하고 있을 테니.

그러던 어느 날, 여권을 보며 미국 비자 기한이 한 달 밖에 남지 않은

걸 알게 되었다. 그래서 다음 여행지를 물색하려고 컴퓨터를 켰더니 그녀에게 메일이 와 있었던 것이다.

그녀는 또다시 파키스탄에 다녀왔고 지금은 내가 지내는 워싱턴 주 바로 아래 오리건 주, 자기의 집으로 돌아왔다고 했다. 나는 가능하다면 미국을 떠나기 전 꼭 그녀를 한번 만나고 싶었다. 그래서 나는 남쪽으로 그녀는 북쪽으로 그렇게 중간 지점에서 우리는 만나기로 했다. 주 경계 어디쯤에서 만나기로 한 것이다.

5번 도로 82번 출구, 무슨 암호 같은 약속 장소. 더 이상 오를 수 없는 온도가 오래전 우리가 만났던 그곳처럼 뜨겁다. 급하게 가속 페달을 밟은 덕분에 약속 시간보다 삼십 분쯤 먼저 도착했다. 낯선 곳에서 만났던 그녀를 다시 낯선 곳에서 만나게 되다니. 반드시 나타나리라는 것을 아는 기다림이니. 기다리는 시간이 즐겁다.

그녀는 건강해 보였다. 그녀도 내가 건강해 보인다 했다. 더없이 반가웠다. 건강하게 다시 만나 이야기를 이어갈 수 있는 것이.

그녀는 그동안 파키스탄에 학교를 만들었단다.

"한동안 별 의미 없이 살았어요. 파키스탄에서 우리가 만났던 그날, 종모 씨가 해준 어느 일본인 이야기를 듣다가 결심했지요. 그 일본인처럼 크고 괜찮은 학교는 지을 수 없더라도 가능하다면 시도해보자고요."

그랬던 것 같다. 그날 나는 내가 자주 방문하는 어느 집 아이가 일본인이 만든 학교에 다니는 이야기를 했었다. 생면부지 남의 나라에서 이루어지는 선행을 모두가 부러워하고 공감했지만 결국 자신의 이야기가 아니라 남의 이야기였을 뿐이다. 길고 지루한 여름밤을 이어갈 하나의 이야기였을 뿐인데 그녀는 흘려듣지 않았다. 그리고 그녀는 미국으로 돌아와 살던 집을 정리하고 가족들에게 얼마간의 도움을 받아 파키스탄으로 돌아갔다. 나도 그녀를 만나기 전 그녀처럼 집을 정리했지만 오로지 여행을 하는 데만 유용했었다.

　그녀는 금이 간 허름한 건물을 고치고 열악하지만 두 칸의 교실이 있는 작고 소박한 학교를 만들었다. 학생들을 가르칠 선생님을 선발하고 학용품을 준비하는 동안 그녀는 얼마나 행복했을까? 학교 어디에도 그녀의 이름은 없다고 했다. 그 일본인이 세운 학교처럼 자신의 이름을 건 학교가 아니라 다만, 살아 있는 동안 소중하게 보살필 무언가를 만든 것뿐이라고 그녀는 말했다.

　"그날 밤 이야기들이 나를 밀었고 그 힘으로 달렸지요. 제대로 된 학교는 아니에요. 빈 건물을 수리하고 선생님 두 명을 구해서 시작했어요. 파키스탄에서도 다행히 여러 사람들이 도와줘서 가능한 일이었고요. 무엇보다 그곳에서 공부하게 될 아이들을 생각하면 그간 있었던 여러 일들이 아무것도 아닌 거예요. 참 잘 시작한 것 같아요. 아마 나는 더 열심히 살게 될 거예요. 매달 학교에 필요한 경비를 충당하려면요. 무엇보다

우울증에 시달렸던 날에서 빠져나온 기분이에요. 뭔가 목표가 생긴다는 것, 참 중요하다는 걸 새삼 깨달았어요. 알다시피 오래전 혼자되어 아들을 키우면서 확실한 목적 없이 살았는데, 이제 가족이 더 늘었으니 책임감이 커진 만큼 행복하게 지내고 싶어요. 아마 나 부지런히 살 팔자인가 봐요."

그랬다. 내가 기억하는 한 기분 좋은 밤이었다. 그날 이후 그녀는 좀 더 바빠졌고 그만큼 더 행복해 보였다. 처음 만난 날 보았던 환한 얼굴이 더 활기차 보였다. 분명 주위를 행복하게 흔들어놓는 여자다.

세상에 많은 사람들이 좋은 일을 하고 살지만 나는 그것이 남의 이야기라고만 생각하고 나의 이야기가 아닌 듯 말했다. 하지만 실제로 그것을 실천에 옮기는 사람이 있다. 자기 것을 지키기 위해 남의 것을 탐하며 두 가지 얼굴로 사는 일이 허다한 세상에서 제 것으로 타인을 위로하는 사람들이 아직 많다는 것을 안다.

그날, 같은 대화로 밤을 새우며 헤어진 이후 우리는 너무 다르게 살았다. 나는 그간 수많은 길 위에서 여러 사람들을 만나고 불행과 희망을 나누며 나의 행복만을 지키려 애쓰며 살았다. 나의 행복이 유일한 희망. 불행하게 살아가는 사람들을 많이 봤으므로 나는 단지 그렇게 살지 말자는 것을 유일한 깨달음으로 알았다. 일단 나 먼저 여유를 찾고 남도 돌보는 것이 당연하다 생각했으므로.

자기 안에서만 머문다면 그것이 진정한 희망일까? 밖으로 밀고 나가야 진정한 희망인 것이다. 나는 결코 그녀가 될 수 없겠지만 그녀에게 감사한다. 내가 할 수 있는 일이 나 자신을 돌보는 일 이외에 또 다른 것이 있다는 걸 가까이서 보여준 데 대한 고마움. 자신을 돌보는 일이 결국 자신만의 안녕이 아님을, 또 타인의 안녕이 자신의 안녕이 될 수 있다는 것을 알려준 고마움 말이다.

그녀, 길 위에서 새로운 인생을 얻었다.

그녀와 나, 같은 길 위를 걷는 여행자로 살았지만 그녀는 자신을 넘어선 여행자가 되었다. 나는 여전히 멀었다. 나는 많은 곳을 떠돌았지만 결국 '나'의 근처도 가보지 못한 제자리걸음 여행자는 아닌지. 그녀가 멈추지 않듯 나 역시 내 안에서만 머물며 휘청이지 않을 것이다.

그리고 엉망진창

1

오버암머가우*Oberammergau*, 뮌헨에서 그리
멀지 않은 곳이다. 봄에 잠시 들렀다가 다시 찾은 이곳은 마을 전체가 공
연 준비로 한창이었다. 각 나라에서 몰려든 관광객들이 작은 골목들을
채우고 있었다. 외따로 떨어진 이곳은 집집마다 그려진 프레스코 벽화와
오래 보존된 집 자체가 관광거리라고 해도 무방할 것이다. 마을 사람 대
부분은 오래전부터 나무 공예나 숙박업을 생계 수단으로 삼았다. 그리
고 오늘 내가 이곳을 다시 찾은 이유는 십 년에 한 번씩 열리는 오버암머
가우 수난극을 보기 위해서다.

십 년에 한 번. 따지고 보면 십 년을 준비한다는 것이니 얼마나 대단한
가? 누가 상상이나 했겠는가? 거의 마을 인구의 절반인 2천 5백 명에 가
까운 사람들이 십 년을 기다리며 준비한 귀한 공연이다. 공연의 수입원
은 다시 마을에 환원되고 또 십 년을 그렇게 준비하며 사람들은 살아간
다. 무대 의상을 만드는 사람, 연주자, 주인공과 엑스트라, 진행 요원도
모두 마을에 최소한 십 년 이상은 살아야 참가 자격이 주어진다고 하니
수난극에 참여하는 사람 모두가 마을 사람인 셈이다. 골목길에서 만난
아이들은 하나같이 머리를 길렀고 어른들은 모두 수염을 길렀다. 예수
의 시대를 재현하기 위해 연극이 진행되는 동안은 모두들 그렇게 연극을
붙들고 연극에 묻혀 사는 것이다.

나는 봄에 이 이야기를 처음 듣고 겨우 여섯 달을 기다리는 동안 내내

궁금했다. 십 년을 기다리며 그들은 얼마나 행복했을까? 어떤 관람객은 이 연극을 벌써 네 번째 본다고 했다. 그는 어쩌면 다음 공연을 기대하지 못할 만큼 늙었지만 지금 당장 이번 공연을 볼 수 있다는 것만으로도 무척이나 행복해 보였다. 다음 공연은 2020년에 열린다. 어떤 기분일까? 다시 십 년을 기다린다는 것은. 그리고 십 년을 준비한다는 것은. 모두가 빠르고 신속한 세상에서 같은 주제로 십 년을 준비하며 기다리는 마음. 그것은 스스로 도취되지 않으면 할 수 없는 일이다. 자신의 할 일을 정하고 그것을 숙명처럼 해나가며, 또 그것만으로도 살 수 있는 것. 그보다 더한 축복은 없을 것이다.

　공연이 시작되기 전 아기자기한 나무 조각품이 진열된 작업실을 방문할 기회가 있었다. 동그란 안경 너머로 고정된 손끝에서 또 하나의 나무 인형이 첫울음을 기다리고 있었다. 아직 다 완성되지 않은 인형이 할아버지의 웃음을 닮았다. 섬세하게 다듬어진 둥근 얼굴과 곧 새겨질 맑은 웃음, 짧은 코트의 앙증맞은 단추들. 움직일 수 없는 것들이 모두 살아나고 있었다. 할아버지는 삼십오 년째 같은 자리에서 같은 일을 하며 세월을 보냈다. 세상 어디든 나무 인형은 수없이 많을 테지만 당신과 내가 다르듯 할아버지가 깎아낸 수많은 인형들은 자신만의 고유한 색이 있었다. 움직이지 못하는 인형에 생명이 깃든 것은 그의 진심이 담겼기 때문일 것이다. 진심은 언제 어디서나 살아 있는 것이며 영원한 것이므로.

당신이 지금 하고 있는 일. 당신이 하려는 일. 진심인가? 그렇다면 적어도 십 년쯤은 그냥 그것을 지켜내보라. 그다음 곰곰이 생각해도 그리 늦지 않은 것이 우리 인생이다. 늘 입으로만 계획하고 근원 없이 발설하는 것은 누구나 쉽게 할 수 있는 일이다. 그런 사람에게 현혹되지 마라. 우리는 무엇이든 할 수 있지만 실천 없이 할 수 있는 일은 아무것도 없으며, 노력 없이 되는 일은 있어서는 안 되는 일이다. 현재의 상황을 모면하기 위해 아무것에나 자신을 맡기고 진심 없이 하는 일은 없는지. 십 년쯤 아니 단 하루라도 진심을 다해보라. 결국은 자신을 위한 일 아닌가? 자신도 모르게 그 짧은 순간들이 이어져 어느 날 당신의 가슴속에서 태어날 행복을 상상해보라!

쉽게 사랑하고 쉽게 헤어지는 사람들아. 한때 당신이 사랑한 것들을 진심으로 사랑한 시간은 과연 얼마나 되는가.

우리 십 년 뒤에 다시 봐요! 그리고 그때도 변하지 않을 당신의 마음을 기대합니다.

＊ ps.
십 년 뒤 당신이 독일에 간다면 그들이 공들인 십 년이
얼마나 위대한 것인지 알게 될 것입니다.
지금처럼 진중하게 십 년을 더 살아낼 당신에게
꼭 권하고 싶은 십 년만의 공연, 그것이 여기 있습니다.
당신도 그곳에 있기를 바랍니다.

오버암머가우 수난극 홈페이지_ www.passionplay-oberammergau.com

뮌헨에서 기차를 타고 한참을 달리다가 이름도 외우기 힘든 어느 역에서 다시 갈아타고 마침내 내린 기차의 종착역은 베르히테스가덴*Berchtesgaden*이라고 했다. 그리고 조금 더 들어간 곳, 쾨니그제*Koenigsee*의 쾨니스호. 차가운 호수에 발을 한번 담그고 나서야 나는 내가 그 풍경 안에 실제로 서 있구나 하는 생각이 번쩍 들었다. 한나절을 달려오는 동안 방향 감각만 없는 것이 아니라 현실감도 없어진 것인가? 그림 같은 풍경들을 무수히 거쳐 왔지만 달력 그림의 몇 배 이상인 실제 호수에 도착하니 왠지 모를 이질감이 들기도 했다. 너무 아름답다거나 깨끗한 것을 대하면 이상하게 나는 만지거나 말을 걸어서는 안 될 것 같아 차라리 못 본 척하고 싶었던 적이 있다. 호수 가장자리, 배를 기다리는 사람들 너머 언덕에 있는 나의 숙소가 아름답고 고요한 풍경이 되어 호수를 내려다본다. 아! 단 며칠이지만 저곳에 머물며 나도 그림 속 풍경이 될 수 있겠구나 생각하니 모든 것이 순조로운 것 같아 마음이 편했다.

호수를 출발한 배는 침착하고 여유롭게 물결을 가르고 있었다. 사방으로 험준한 산에 둘러싸인 호수는 생각보다 넓고 푸름이 짙었다. 능숙하고 고요하게 떠내려가던 배가 갑자기 호수 중간쯤에서 멈췄다. 그러더니 한 중년의 아저씨가 번쩍이는 금색 트럼펫을 들어 올렸다. 호수를 가두는 산을 넘어 하늘 어딘가에서 놀다가 다시 호수로 내려앉듯 차분하고 맑은 소리가 울려 퍼졌다. 아, 이러다가 갑자기 세상이 정지하면 정말로 어느 훌륭한 화가의 그림이 될 것만 같았다. 분명 좋은 것을 느끼고 있는 이 순간에 자꾸만 다른 생각들이 밀려와 풍경과 시선 사이 어떤 얇은 막이 생기는 것 같았다. 눈앞에 펼쳐지는 화면만 보고 있어도 무수한 추억과 과장된 생각들이 밀려왔다. 사랑 없이 보는 풍경이 이리도 사랑스러울 수가 있을까?

멀리 보이는 성바르톨로메오 수도원 안쪽까지 배가 흘러들었다. 수심은 깊어지는데 점점 물속은 투명해졌다. 이 호수에 살고 있다는 전설의 동물 '네시'가 스윽 지나갈 것만 같았다.

모든 것이 고요하다. 수면 위로 불어오는 바람 소리마저 들리는 곳. 하지만 세상의 모든 놀라운 일은 갑자기 일어난다고 했던가? 갑작스레 호수에 울려 퍼지는 비명에 가까운 노랫소리가 그저 놀랍다. 한 동양 여자가 술병을 끼고, 고래고래 고함지르듯 노래를 부르기 시작했다. 풍경에 미쳐서라면 천사 같은 소리로 사람들을 흔들어야 할 텐데 그녀는 악마 같은 괴성으로 사람들을 경악하게 했다. 노래라는 것이 사람을 슬프게 하거나 기쁘게 하기도 하지만 사람을 악하게 만들 수도 있다는 것을 처음 알았다. 가끔 노래가 끝나는 중간 중간 그녀는 벌겋게 달아오른 얼굴로 "미안해요"라며 뜬금없는 예의를 표하기도 했다.

나는 같은 동양인이라는 이유만으로 그녀와 어떻게 엮일까봐 호숫가로 자리를 옮겼지만 여전히 괴성이 들려왔다. 저러다가 피를 토하거나 목

이 터져 죽을 수도 있겠다고 걱정도 되었지만 노래가 잦아들기까지는 절대로 근처에도 얼씬거리고 싶지 않았다. 여행을 하면서 종종 이상한 사람들을 더러 봤지만 이 정도로 심한 사람은 처음이었다. 자기 평화를 위해 남의 평화를 완벽히 깨는 그녀는 여행자일까? 부끄럽고 창피한 오후의 시간이 불편하게 흘렀다.

피곤을 가득 안고 돌아온 숙소. 호수가 내려다보이는 숙소는 겉보기에도 몇 백 년은 된 듯 운치 있었다. 어쩌면 이토록 아름다운지 주인 얼굴이라도 한번 보고 싶었지만 주인은 아침 식사 시간이 되어서야 볼 수 있을 것이다. 해가 기울면 호수 건너편에서 번지는 작은 불빛과 별빛이 온통 호수 위를 떠다닌다. 깊어가는 밤하늘이 그대로 비치는 깊은 호수 위에 담뱃불 하나를 더 보태는 시간을 상상이나 했던가. 아무도 없던 시간과 아무런 일이 일어나지 않는 평화만으로도 충분히 행복한 밤이 지나간다.

좁고 오래된 침대에 누워 오늘을 기억해본다. 그래도 꽤 괜찮은 하루였다. 마지막에 그 괴성만 듣지 않았다면 완벽했겠지만 제아무리 난동을 피워봐야 몇 만 년 버티는 자연의 진귀함을 어찌 이기겠는가? 어리석다. 때로는 눈을 가리고 살아야 할 일이다. 그러다 보면 귀까지 막아야 할 일 또한 생길 테지만 그러면 어떤가? 굳이 입을 열어, 본 것과 들은 것을 발설하며 다시 기억하는 일이 좋을 게 뭐가 있겠는가? 괜한 생각으로 또 그 괴성을 떠올려 정신만 어지러웠다. 좁은 방, 좁은 침대에 누워 불

편한 마음을 감춰보려 등을 돌린 순간, 싸늘한 공포가 심장을 멎게 했
다. 분명히 불을 끄고 누웠는데 얼굴이 보인다. 내 얼굴 바로 앞에 다른
누군가의 얼굴이 있다. 아무런 저항도 할 수가 없어서 그 얼굴을 그대로
봐야 했다. 눈을 감을 수도 숨을 쉴 수도 없었다. 분명히 여자였다. 입과
코가 없는 창백한 얼굴에 아주 깊은 검은 두 눈만 보이는 외국 여자였다.
그녀 역시 아무런 미동도 없었다. 입이 없으니 웃고 있는지 울고 있는지
알 수가 없고 눈이 너무 검고 커서 무섭다는 감정 외에 다른 것은 전혀
느낄 수가 없었다. 그녀의 검고 긴 머리카락을 내가 베고 나란히 얼굴을
마주 보고 누웠으므로, 그녀가 팔과 다리를 가졌는지는 알 수 없었다.

　비명 한번 지르지 못하고 다시 등을 돌리지도 못했다. 나는 기억한다.
기억할 수밖에 없다. 너무나 가까이 있었으므로. 가죽처럼 단단한 하얀

피부와 검고 커다란 눈. 분명 이 세상 사람이 아닌. 하지만 그녀도 한때 이 세상 어디쯤에서 살았을 것이다. 차라리 외계인이라면 얼마나 좋았을까.

시간이 얼마나 흘렀을까? 그 커다란 눈을 깜빡일 때마다 깊은 공포가 흘렀고 얼마 뒤 나는 겨우 눈을 감을 수 있었다. 그녀가 갔는지 그대로 남았는지 알 수 없었다. 겨우 눈을 감은 것만으로도 얼마나 다행인가? 나는 그 짧은 시간에 내가 눈을 가졌다는 것을 원망했고, 눈을 감을 수 있다는 것에 위로 받았다. 그러고도 할 수 있는 것은 여전히 없었다. 그냥 나는 아무것도 못 본 것이다. 가능하다면 오늘 아무것도 못 듣고 못 본 것으로 하고 싶었다. 이 순간만 무사히 지날 수 있다면, 내일 아침 호수 위에 정말로 그 전설의 괴물이 나타난다 해도 나는 아무렇지 않을 것이므로.

3

'같이'라는 말은 참으로 가치 있는 말이다.

나는 결국 '같이'를 가치 있게 지켜내지 못했지만 말이다.

가치란,

일방적인 것이 아니라 서로에게 가치 있어야

진정 같이 있는 것.

바트 노이에나 아르바일러*Bad Neuenahr Ahrweiler*,
이제 독일을 떠날 날도 며칠 남지 않았다. 떠나와서도 언제나 떠남이 일
상이 되어버린 삶이라 어느 것 하나 맘에 붙들어두지 못하고 있는지 모
른다. 늘 아쉬운 것들은 다음이라는 단어로 눌러두는 수밖에 없다고 생
각했다. 여행이란, 능숙한 만남과 취약한 작별의 연속이다. 낮고 소박한
성 안에 장난감처럼 앉아 있는 마을이 불쑥 불편해지기 시작했다. 또 다
음을 기약해야 하는 마음이 고개를 들기 때문이다. 얕게 물이 고인 길가
에 낙엽들이 뒹굴지도 못한 채 흩어져 있다. 누군가가 쓸어주거나 바람이
라도 불지 않으면 그 자리에서 그대로 겨울을 맞으며 자신을 잃어가야 할
처지다. 세상에 홀로 존재할 수 있는 것은 아무것도 없듯 홀로 소멸되는
일 또한 드물 것이다. 포스트잇처럼 계절의 끝에 아스라하게 붙어 있는
노란 낙엽들. 그것을 보는데 나를 지탱해주던 중요한 메모 같은 사람들의
얼굴이 기억나지 않는다. 아니다. 늘, 결정적인 순간에 떠오르는 그 사람
들을 떠올려도 될지 미안한 생각에 차마 외면하고 있는지도 모른다.

그날, 작별 인사를 하자 후배는 내게 말했다.

"선배, 얼마나 다녀올 생각이에요?"

"글쎄, 일 년은 넘겠지?"

후배는 웃으며 덤덤하게 말했다.

"그럼 두 번 정도 못 본다고 생각하면 되겠네요? 우리 다녀와서는 좀

더 자주 봐요."

그렇다, 따지고 보면 우리는 잘해야 일 년에 한두 번 보는 것이 전부였다.

몇 번의 연락을 받은 끝에 선심 쓰듯 겨우 작별 인사를 하러 나간 자리. 그것도 이 핑계 저 핑계로 미뤄뒀던 시간을 만회하려는 얄팍한 계산이 있었는지 모른다. 떠난다는 이유로 용서 받을 수 있을 것 같았기 때문이었다. 그리고 언제 봐도 좋을 사람이라는 편리하고 이기적인 생각이 컸기 때문이기도 했다. 그렇게 대부분의 소중한 인연들을 우연히 길에서 스치는 사이보다 못하게 꾸역꾸역 이어나간다. 시간이 아닌 마음이 없던 것인지도 모른다. 산다는 것을 핑계로, 여유가 없다는 핑계로 정작 내 삶의 어느 한 부분들을 아름답게 채워준 것들을 외면하고 사는 일. 그것을 또 외면하고 나는 자주 아름다운 것들을 기대하며 길을 나섰다. 내 곁에 소중한 많은 것들을 외면하고 나선 내가 먼 길에서 만나는 낯선 것들을 어찌 소중하게 여기며, 그 인연을 어찌 아름답게 만들 수 있단 말인가?

반짝하고 잠시 마주하는 것에만 열광한 채 늘 가슴에 두어야 할 것들을 머리로만 생각하며 살았다. 나는 자주 그런 식으로 내가 나를 소외시키며 살았다. 가끔 먼 곳에서 아름다운 것들을 만나도 허전했던 이유, 그것은 그곳에서 함께하고 싶은 사람을 마땅히 생각해낼 수 없어서이기도 할 것이다.

물질적인 낭비를 줄여야 하겠고 그보다 정신적인 에너지 낭비 또한 막아야 하겠다. 쓸데없는 소비를 줄이는 것도 중요하지만 불필요한 곳에 마음을 두어 스스로 예민해지거나 괴로워지는 일을 좀 더 줄일 수 있다면 좋겠다. 줄이고 나면 오히려 느긋해지는 것들이 생각보다 많다.

여행이 힘든 이유는 항상 배낭보다 무거운 생각이나 마음 때문이었다.

Part 4

뜨거운 가을

; 터키, 시리아, 레바논, 요르단, 이집트

당신이 이별하자 했을 때, 그러지 못하겠다고 말했던 밤. 홀로 견뎌내기 위한 시간들이 두려웠기 때문은 아니다. 다 해주지 못한 마음이 남아 있었다. 어찌 그 마음을 보지 않고서 당신은 자꾸만 떠나려 했는지 알 수 없어 서럽던 밤. 더 이상 변명을 할 수 없을 때 사랑은 끝나는 것이라는 걸 알았다.

내가 아는 지금의 계절은 가을. 꽃들의 건조한 향기가 푸르스름한 밤하늘 아래로 번지는 그런 가을밤. 하지만 그런 밤은 없고 용광로 같은 시월의 밤이 몸살처럼 끓고 있었다. 확실히 이별은 계절을 포함한다. 다시 그 계절과 함께 이별의 기억도 찾아오는 것이다. 네가 떠나던 그 뜨거웠던 계절 이후, 나는 자주 더운 계절에 앓아누웠다. 어쩌면 계절과 상관없이 온몸이 끓던 시간. 분명하고 명백한 사실 앞에서 복잡할 것 없던 밤이었지만 오래도록 나는 복잡한 마음을 정리하지 못했다.

검은 천을 두른 채 하얀 눈만 드러낸 여자들이 달빛처럼 성벽을 따라 검게 사라졌다. 잠깐씩 보이던 깊은 눈빛이 너를 닮기도 했던 것 같다. 이 뜨거운 대지를 견뎌낸 많은 사람들은 풀썩 벌써 잠이 들어버렸고 나는 그날처럼 열이 났다. 텔레비전 소리가 끊긴 어느 집 담벼락, 고요한 달빛만 담을 넘는다. 달빛에 축축한 등을 대고 앉아서 컴컴한 콜라를 마시다가 코끝이 시큰해졌다. 목이 부어올라 침을 삼킬 때마다 죄책감에 따끔거렸다. 숙소 건너편의 오래된 병원에서 지어준 정성스런 약도 필요 없겠다는 생각이 들었다. 정확한 처방을 내렸을 것이나 그는 내 마음을 알지 못했으므로.

삼백 원을 주고 지어온 몇 봉지의 알약을 털어 넣으며 흔들리는 커튼을 쳐다봤다. 낡고 오래된 커튼은 도망갈 수 없는 운명처럼 억지로 붙들려 있는 듯 보였다. 때로 스스로도 어쩔 수 없는 숙명의 시간들은 생각보다 자주 찾아왔다. 그러다가 그 마음속의 시간들을 불쑥 몸이 대신 말해주었다. 몸과 마음은 그리 멀지 않은 것이다. 나는 또 이렇게 지나간 시간을 익숙하게 앓아내야 했다.

어느 날, 당신 생각이 나면 이유 없이 며칠을 앓았으면 좋겠다고 생각했다. 그렇게 생각하고 나면 정말로 아프기 시작했다. 이미 지나간 시간을 그림자처럼 붙잡고 아파하는 일. 순전히 당신을 위해 앓고 싶었지만 어쩌면 나는 나를 위해 앓고 있었는지도 모른다. 이유 없이 불안하거나 처음 가는 낯선 곳에서는 의도적으로 통증을 만들었다. 그렇게 며칠씩 앓고 나면 조금 개운해지기도 했다. 그런 기분으로 천천히 걷다 보면 낯선 도시 풍경에 잠깐씩 애착이 생겼다.

가을밤, 낯선 땅의 뜨거운 대지가 다시 그날을 불렀다. 다 큰 사내가 작은 당신 곁에서 어디가 아픈지도 모르고 그냥 앓기만 해도 좋았던 시간. 어쩌면 그 마음들이 아직도 남아서 나는 앞으로도 어리광 부리며 늙어갈 것이다. 당신이 떠난 이후 한 번도 한 치도 자라지 못한 내 마음.

영화 〈화양연화〉에서 양조위의 목소리는 바위처럼 무거웠다.

"부탁이 있소. 미리 이별 연습을 해봅시다."

아슬아슬한 조명이 흔들리는 복도를 지나면 그녀의 방이 나온다. 그 방문을 심각하게 두드리던 남자는 어느덧 초췌한 얼굴이 되어 어느 바위 구멍에 오래된 비밀 하나를 숨겨놓고 이별하듯 사라진다.

새벽이 열리던 시간, 버스가 카파도키아로 들어서자 고깔모자처럼 생긴 수많은 바윗 덩어리가 발아래 펼쳐진다. 그리고 이내 버스는 그 속으로 들어간다. 차창가에 단단한 밤의 시간을 풀어놓듯 스르르 서리가 내린 이곳은 마치 구석기 시대 같다.

인도의 함피*Hampi*를 닮았거나 아잔타쯤 일거라 생각하다가 먼 데를 보니 그랜드 캐니언 같기도 하고 파키스탄 어느 북부의 낯선 곳 같기도 하다. 새벽하늘 붉은 빛 사이로 큰 시곗바늘처럼 유유히 흐르는 애드벌룬은 이곳의 지난밤 이야기를 하늘로 실어 나르는 전령 같다. 고요한 시골 마을의 낯선 방문, 때마침 귓가에 절묘하게 흐르는 영화 〈화양연화〉의 주제곡들이 비밀스럽게 느껴진다. 자세히 들여다보니 바위에는 온통 누군가의 흔적이 그대로 남아 있고, 작은 구멍이 여러 개 비밀스럽게 뚫려 있다. 얼핏 보면 모스 부호 같기도 한, 점 같은 구멍 사이로 새들이 부지

런히 아침을 물어 나른다.

〈화양연화〉에서처럼 저마다 저 바위 구멍에 이야기를 한 가지씩 심었다면 이 낡고 오래된 도시는 온통 아픔의 흔적과 간절한 소원의 메아리로 가득 차 있을 것이다. 사람이 사람에게 하지 못하는 말들이 더러는 있다. 아픔은 나누라고 했는데 대부분 아픈 사람들은 혼자서 앓는다. 그러다 끝내 어느 산중 나무둥치나 바위 구멍에다 대고 발설하거나 누군가의 귓가에 살짝 흘려놓는다. 하지만 끝까지 함구하고 묵묵히 사는 사람도 있을 것이다. 하루에 수백 명 아니 수천 명을 만나도 한 주먹도 되지 않는 아픔을 나눌 길이 많지 않은 세상이다. 어쩌다 말하지 못하고 담아두는 날카로운 언어들이 가슴 끝에 매달려 세상의 바람에 둥글어지기도 할 것이지만 괜찮다. 마음에 묵직한 덩어리 하나 담지 않고 사는 삶이 어찌 삶이겠느냐?

한때, 세상 사람이 알까 두려워 당신과 나만이 알고 지내자고 가슴에 담아둔 비밀 이야기는 이제 허공 속으로 사라지고 없다. 그것은 당신과 내가 서로와 함께할 때만 캄캄한 비밀이었기에. 돌이켜보면 그 어떤 비밀보다 비밀스러운 것은 당신과 내가 함께했다는 그 자체이므로 이미 세상에 남겨둘 비밀은 없는 것이다. 하지만 나는 안다. 다 사라져버렸지만, 지금은 아무것도 아닌 것이 되었지만 그 비밀스러운 사실은 움직이지 않는 바위처럼 묵직하게 남아 절대로 없어지지 않을 것을. 그래서 각자의 가슴에 커다란 추억으로 자라 단단하게 굳어 갈 것을 믿는다. 어쩌면 당신과 나의 비밀이라는 것도 세상 사람들에게 한낱 바윗덩어리 하나쯤에 지나지 않을 지도 모른다. 아무도 우리들에게 관심 없던 시절, 차라리 방치된 존재의 쓸쓸함이 군중 속의 외로움보다 낫지 않을까.

가까이에 서서 바위를 올려다보니 하늘이 보이지 않는다. 대신 여전히 바쁘게 움직이는 새들에게서 하늘의 냄새가 났다. 오렌지빛으로 물든 날갯짓은 태양을 가라앉히고 있었다. 더 어두워지기 전에 작은 구멍 하나를 찾아내어 비밀 아닌 바람을 조용히 말해본다. 다시 그날처럼 마음에 새로운 비밀 하나를 묵직하게 담아보기를 희망한다. 이제는 그만 오래된 과거를 버리고 애드벌룬처럼 가볍게 날아오르고 싶다. 또 어느 날엔가 그 마음에 무거운 바위가 자란다 하더라도……

다 큰 남자가 해야 할 일이 아닌 듯싶어 부끄러운 마음으로 돌아서서 구멍에 등짝을 기대고 섰다. 먼 곳을 바라보니 계곡마다 주름이 가득하다. 저녁노을이 비친 거대한 바위는 따뜻한 친구의 등짝처럼 낯설지 않다. 이곳에서 더 숨겨둘 비밀은 없어야 하겠다.

열두 시간쯤이야 문제없지 하는 마음으로 용케 버스를 탔다. 차가 출발하려는데 갑자기 화장실이 급해서 모든 승객에게 미안함을 표해야 했다.

차가 출발하고 얼마 되지 않아 차표를 어디다 두었는지 한참 헤매다가 검표원 눈치를 살핀 일. 결국 찾지 못한 차표 때문에 차 안이 혼란스러워져 얼굴을 붉힌 일. 낯선 식당에 홀로 앉아 무심코 주문한 음식이 입에 맞지 않아 한 숟가락도 제대로 뜨지 못하고 미안한 얼굴로 계산대에 선 시간. 그 식당에 두고 온 물건을 찾으러 다시 들러야 한 일. 지친 마음으로 어렵게 찾은 숙소는 도무지 잠들지 못할 환경이다. 그리고 무심히 펼친 수첩 사이에서 대담하게 붙어 있는 차표를 보았다.

이제는 돌이킬 수도 없는 하루를 생각하며 결국 새벽을 보고야 만다. 뭔지 모르지만 오늘 하루 낯선 곳에서 황량한 마음이 되었다. 생각해보면 모두가 나의 어설픔 때문이었지만 언젠가 혼자 남겨진 밤, 꼭 그런 마음이었던 밤이 생각났다. 이 모두가 오늘 나에게 일어난 일. 그래도 나는 또 내일을 기대할 것이다. 오늘 밤처럼 떠난 그대가 진심으로 나에게 잘 살라고 했으니. 나는 그것을 근거로 힘을 내볼 생각이다.

잠깐이었다. 아주 잠깐. 그들과의 만남은 아주 잠깐이었다. 뜨거운 열기만 생생하게 살아서 배회하던 시리아 남쪽, 팔미라*Palmyra*의 사막지대. 한낮의 팔미라 유적은 그늘을 모두 삼켜버리고서 단단하게 고정되어 있었다. 팔미라 유적을 찾아들어온 지 이틀째 되던 날, 유적지 외곽으로 펼쳐진 올리브 숲을 발견했다. 흙담 안으로 꼭꼭 잠겨 있던 올리브 숲 사이로 바람이 몰려들고 있었다. 아무래도 벌겋게 달아오른 유적지 바위틈에서 하루를 견디는 일은 멍청한 일 같았다. 이어폰을 꽂고 들어선 숲은 낮고 고요했다. 결코 시원하지는 않았으나 불구덩이 같은 유적지에 비하면 청량감 가득한 오아시스 같다는 생각이 들기도 했다. 햇볕 쨍쨍한 날, 이어폰에서 바람 같기도 하고 안개 같기도 한 음악이 흘러나왔다. 영화 〈정사〉의 주제 음악 〈카니발의 아침*Manha De Carnaval*〉. 이런 고요한 숲이라면 벌건 대낮이라도 사랑을 나누기 좋을 법 하겠다.

올리브 숲으로 들어서니 숲이라기보다 농장이라는 표현이 더 정확할 듯했다. 누런 흙담 안에 각 영역대로 올리브나무를 심거나 대추야자나무를 경작하고 있었다. 좁은 흙길과 도랑이 담벼락 아래로 나란히 길을 내고 있었다. 나는 그 길을 따라 걸었다. 아무도 없는, 아무리 걸어도 제자리인 것 같은 지루한 길이었다. 간혹 담벼락 안 농장 사이에 작은 집들이 보이기도 했고 대추야자를 말리는 작업장 같은 것이 보이기도 했다. 한낮의 시간이 모두 사라지고 없었지만 적막하지 않았다. 실오라기처럼 흔들리는 나뭇잎의 노래 때문일까? 오히려 길을 잃고 오래오래 그곳에서 견디고 싶었다. 저 멀리 팔미라 유적의 끄트머리에 아직도 정오의 열기가 불처럼 이글거렸다.

딸랑딸랑, 경쾌한 자전거 벨소리가 울렸다. 두 대의 자전거가 올리브 숲 멀리서 가까워지고 있다. 안녕, 하고 인사를 했다. 뒤쪽의 자전거에서 먼저 답례를 했다. "길을 잃었니?" "아니, 그냥 걷는 중이야." "그래? 여기는 너무 넓은 곳이라 걷기 힘들 텐데 우리랑 같이 갈래?" 앞쪽의 아버지는 웃기만 할 뿐이고, 똑똑하게 생긴 아들이 내게 허리를 잘 잡으라고 일렀다. 자전거가 달린다. 나눠 타기도 미안한 낡고 부실한 자전거가 달린다. 올리브 숲 사이를 잘도 달린다. 자꾸만 발이 닿아서 슬리퍼가 벗겨질 것 같았지만 분명 특별한 대접을 받고 있는 기분이 들었다.

농장은 다른 집보다 크지 않았다. 전날 수확한 푸른 올리브 몇 상자가 나무 밑에 있었고 그 옆으로 내가 쉴 파란 비닐이 깔렸다. "괜찮아요. 나도 돕겠어요" 했지만 그들은 절대로 그럴 수 없다고 했다. 그도 그럴 것이 작업하는 것을 보니 가만히 있는 게 오히려 돕는 일 같아 보이기도 했다.

차 한 잔과 설탕에 절인 달콤한 대추야자 몇 개와 함께 아버지의 말 없는 웃음과 아들의 빤한 질문들이 나무 그늘로 들어왔다. 어느 나라에서 왔는지, 무슨 일을 하는지, 여행은 왜 다니는지, 팔미라는 어땠는지 드

문드문 올리브를 따다 말고 아들의 질문이 이어졌다. 아버지는 그런 질문을 하는 아들을 신기하게 여겼다. "저는 학교를 안 다녀요. 그냥 아버지를 돕고 있어요. 이 농장도 우리 것이 아니지요." 아들과 여러 질문을 주고받는 사이 자주 졸음이 몰려왔다. 아무래도 이틀 동안 불가마 같은 유적지를 걷느라 많이 피곤했나보다. 잠시 잠이 들었던 것도 같다. 중간중간 파란 비닐 위로 그들이 놓친 초록 올리브들이 마침표처럼 떨어졌다. 분명, 깊이 잔 건 아니었는데 나무 그늘은 파란 비닐의 반을 벗어났고 그들은 보이지 않았다. 아니, 이 사람들은 어디로 갔을까?

이상했다. 손바닥을 펴 보니 대추야자 씨앗 몇 개가 먹다 남은 사탕처럼 진득하게 붙어 있다. 나는 이것을 꼭 쥐고 잠시 무슨 꿈을 꾼 것일까? 그들이 내게 무슨 일을 벌인 것일까? 이런저런 생각을 하면서 급히 가방을 확인하고 다시 주변을 둘러보았지만 달라진 건 홀로된 것뿐 아무것도 없었다. 다시 드러누웠다. 오후로 넘어가는 햇볕이 올리브에 매달려 반짝거렸다. 그냥 이대로 누워 해가 조금 더 넘어가길 기다려야겠다. 완전히 잠이 달아났다.

그들은 왜 갑자기 사라졌을까? 햇볕에 아른거리는 올리브들을 살피는 동안 바람 같은 언어들이 날아왔다. 저 멀리 올리브나무 사이로 꿈결 같은 대화가 바람을 타고 들린다. 몸을 엎드려 파란 비닐에 귀 기울여보지만 잘 들리지 않는다. 마치 실루엣처럼 아른거리는 두 사람이 올리브나무 아래 꿈처럼 번지고 있었다. 벌써 저만치 멀어졌구나. 나는 저 거리만큼 편안히 잤구나. 멀리 펼쳐진 파란 비닐 위로 엷은 초록의 올리브가 수북이 쌓이고 있었다. 갑자기 미안한 생각이 들어 나는 피우다 남은 담배와 내가 정한 얼마간의 찻값을 놓고 인사도 없이 일어섰다. 파란 비닐 위에 놓인 붉은 담뱃갑과 낡은 지폐, 그리고 올리브가 정물화처럼 소담스럽다.

달콤한 잠 같은 오후의 시간이 흐른다. 그 진득한 시간을 어쩌면 오로지 홀로 감동하며 걷는다. 따듯하고도 따듯한 기분으로. 팔미라로 이어진 올리브 숲길이 그늘에 덮여 더없이 좋은 산책로가 되었다. 한참을 걸었을 때 다시 딸랑딸랑 자전거 벨소리가 경쾌하게 울렸다. 두 대의 자전거가 다시 가까워지고 있었다. 아들이 돈을 내밀었다. "왜? 돈을 놓고 가요?" "찻값이야. 그냥 받아줘." 아버지는 내가 놓고 온 담배를 물고 환하게 웃고 있었고 아들은 내게 대추야자 한 주먹을 더 건네주었다. "내일 또 놀러 올까?" "아뇨! 내일은 여기 없어요. 다른 농장으로 가요. 아마 우리는 언젠가 또 만나겠지요?" 그리고 우리는 말없이 두 번의 악수와 두 번의 포옹으로 인사를 했다. 그냥 이유 없이 좋은 느낌이었다. 그럴지도 모른다. 언젠가, 또 만날지도 모를 일이다.

비틀비틀 부실하지만 나란히 굴러가는 자전거가 멀리서 멈추었다. 그

리고 그들은 뒤돌아 내게 손을 흔들었다. 그 순간 팔미라 쪽에서 모래바람이 누렇게 몰려왔다. 누런 먼지 속에서도 계속 흔들리던 손. 그들에게도 나에게도 아무것도 아닌 짧은 순간들. 나는 이런 순간순간이 찾아올 때마다 뭔가 가슴속에 덧칠되는 기분이 들었다. 그것이 더해지고 더해질수록 무겁지 않고 오히려 분말처럼 부드러운 것들이 마음속에서 출렁이는 것 같았다.

우리의 생을 놓고 본다면 지금 우리들의 만남은 얼마나 보잘것없는 스침인가? 우리는 이 짧은 시간을 자주 소홀히 여겨 아무것도 아닌 것으로 흘려보내지만, 이 순간들이 이어져 끝내 삶의 전부가 되는 것을 기억해야 할 것이다. 사소하고 사소한 시간들. 설령 그들에게 내가 잊힌다 해도 나에게 이미 가득해진 그들.

그대들아! 그대들이 흔들어주던 그 연약한 흔들림에 왜 내가 휘청거리는지. 그러다가 그것이 멈추면 나는 왜 아픈지. 그대들의 손끝에서 나의 명치끝으로 이어지는 그 무한의 공간을 언제 다시 좁힐 수 있을지……. 어느 날, 오늘처럼 또 바람이 불어온다면 나는 그 바람을 알아챌 것이다. 그 바람 속에서 그대들이 손 흔들어준다면 나도 내가 버틸 그곳에서 그대들을 향해 가슴을 열 것이다. 나는 우리가 만났던 짧은 시간, 그 시간 속에 무한대로 기약된 약속을 믿는다. 당신의 말처럼 언젠가는 우리 다시…….

끊임없이 발설하는 일이 나를 알리고 성공 대열에 합류할 수 있는 일이라 생각했었다. 정작 누구를 위한 말인지도 모르고 함부로 한 말이 나를 지키기 위한 말인 줄 알았다. 상대방이 원하지도 않은 말을 내가 먼저 하고서 내가 나의 말에 걸려 넘어지는 일이 잦았다.

말을 아껴야 한다는 생각을 했다. 우선, 생각을 줄여야 했다. 상대방의 생각을 나의 의도대로 함부로 읽지 말아야 했다. 나의 생각이 나만의 것이 되지 않게 발설하는 일을 신중히 해야 했다. 나는 자주 내 말에 내가 상처를 입었다. 그것을 남의 탓으로 돌리려는 마음이 그대로 말에 섞여 나오기도 했다. "그때 차라리 침묵하며 당신의 말을 들었다면, 침묵으로 당신을 존중했다면 나의 마음이 지금처럼 무겁지는 않았을 텐데." 진심 아닌 말이 가끔씩 나왔다. 그것이 당신을 위한 말이라 생각했기 때문에. 그렇지만 결국 진심이 아닌 것은 오래가지 못함을 나중에야 알았다.

팔미라의 사막지대 한가운데 우뚝 솟은 바위산에 마르무사*Marmusa*라는 수도원이 있다고 했다. 이탈리아 친구도 일본 친구도 간혹 만나는 여행자들도 그곳에 대해서 잠깐씩 이야기했다. 그곳에 대해서 나는 아는 것이 없었고 다른 여행자들이 가지고 다니는 책자에도 그곳에 대한 정보는 없었다. 숙소 주인에게 다시 한번 그곳으로 가는 길을 묻자 주인이 길을 일러주었다. "숙소 앞에서 길을 건너 초록색 바탕에 쓰인 아랍어를 유심히 살핀 다음 10파운드를 내고 터미널에 가세요. 그곳에서 나벡 *Nabak*까지 또 버스를 타면 됩니다."

전날, 나는 같은 방을 쓰던 토모키에게 수도원에 대해서 아는 것이 있느냐고 물었다. 자신도 아는 것이 없지만 내 말을 듣고 보니 갑자기 가고 싶어졌다며 함께 가자고 해서 같이 길을 나섰다.

미니버스가 내려준 곳은 개인이 운행하는 사설 정류소였다. 정류소라기보다 그냥 버스 한 대를 길가에 세워둔 곳이었다. 정확한 출발 시간도 없었다. 그리고 내려준 곳 또한 나벡 근처일 뿐이지 나벡이 아니었다. 버림받듯 도로에 내려져 담배를 피우려는데 어디선가 슈퍼맨처럼 택시 기사가 나타났다. "마르무사 수도원 가시오?" 꽤 유명한 수도원이라 생각은 했지만 이렇게 수월하게 기사 양반을 만나게 될 줄이야. "잠깐만요. 담배가 없어요." 나는 가게 앞에 차를 세우고 담배 몇 갑을 산 뒤 택시에 올랐다.

택시는 자꾸만 사막 속으로 들어갔다. 포장된 도로 외에는 모두가 황무지였고 시커멓게 포장된 아스팔트 위를 달리는 낡은 택시 안은 너무 더웠다. "저기 보이지요? 저 꼭대기에 있는 곳이 마르무사요. 나올 때 이 번호로 전화하면 내가 데리러 오겠소. 며칠이나 있을 거요?" "글쎄요……."

겨울이라 유난히 무거운 큰 배낭과 카메라와 노트북이 든 작은 배낭

을 앞뒤로 메고 돌계단을 오르기 시작했다. 아마도 한 다섯 번쯤은 쉬었나. 당장 필요 없는 물건까지 가득 지고 미련스레 계단을 올랐다. 언제나 고민은 너무 많이 가졌을 때부터 시작된다.

말수가 점점 줄어들었다. 계단을 오르는 동안 너무 힘들어 숨조차 쉴 수가 없었다. 나는 계단처럼 긴 생각을 했다. 그리고 문득, 그런 생각이 들었다. 잠시 수도원 생활을 하는 동안만이라도 말을 하지 않고 지내면 어떨까 하는.

"토모키? 나를 좀 도와줄 수 있겠어?" 헉헉거리며 앞서 가던 토모키가 왜 그러느냐고 물었다. "다른 게 아니라 난 저 수도원에 도착하면 말을 하지 않을 거야. 그러니 내가 너에게 아무 말도 하지 않거나, 다른 사람에게 아무런 말을 하지 않아도 화가 난 것이라고 생각하지 말아줘. 이 일은 나에게 중요한 일이 될 수도 있을 것 같아." 토모키는 고개를 끄덕였고 관심조차 없는 듯 아무 말이 없었다.

하늘보다 조금 아래 있는 수도원 출입구는 언젠가 내가 꿈에서 본 미로의 입구와도 같았다. 커다란 벽에 몸 하나 겨우 들어갈 정도의 구멍 속으로 들어가자 수도원이 보였다. 마치 비밀 세계로 들어가는 출입구 같았다.

이곳에 오는 모든 사람들은 누구나 자기 의지대로 머물 수 있다. 수도원에서 배정해주는 침대를 무료로 쓸 수 있고 식사 때가 되면 다 같이 준

비한 식사를 먹는다. 누구도 누구에게 어떠한 요구를 하지 않는 듯했다. 토모키는 무료함을 불평하며 다음 날로 떠났고 나는 이곳에서 사흘을 지냈다. 아무 말도 하지 않고서 말이다.

어떤 아랍 사람이 내게 처음 듣는 단어로 말을 걸었지만 나는 말을 하지 못하는 듯 눈을 피했고 그렇게 수도원을 나갈 때까지 그냥 침묵하기로 했다. 아무런 말을 하지 않고서 하루 종일 수도원 마당을 거닐거나 이따금씩 말없이 짐을 옮겨주거나 설거지를 같이할 뿐이었다. 내가 벙어리인 줄 아는 이도 있었고, 어떤 이는 그마저 관심도 없어 보였다. 다행이었다.

수도원에선 비슷한 일상이 오래전부터 반복되고 있었다. 수도원 주변 변하지 않는 황무지 풍경은 구름의 움직임으로만 시간의 흐름을 겨우 가늠할 수 있을 정도였다. 모든 것이 아무런 말없이도 아무런 탈이 없었다.

저녁 미사를 마치고 나오면 수도원 앞마당은 온통 별천지가 되었고 사람들은 별빛 아래서 저녁을 준비했다. 은하수를 보기도 했다. 하늘은 저리 높은데 별들이 이리도 가까이서 빛날 줄이야. 별을 보며 혼자서 웅얼거리던 시간. 세상은 원래 말없이 고요한 것이었다. 새벽, 어두컴컴한 방에서 빠져나와 오줌을 누는 동안 하늘을 보니 별들은 더 말갛게 닦여져 있었다. 순식간에 동이 트기 시작했다. 황홀한 오렌지빛이 세상을 밝히는 시간. 수도원에서의 마지막 새벽이었다.

　따지고 보면 내가 이렇게 다시 여행자가 된 것도 나를 괴롭히던 모든 것도 모두 말에서 비롯되었다 생각했다. 발아래 탁 트인 황무지와 끝을 알 수 없는 검은 하늘에 유난히 빛나던 별들. 입을 닫으니 눈이 열리

고 작은 소리에도 귀가 열리는 듯했다. 밖으로 나가지 못한 말들이 가슴에 쌓여 마음이 조금은 묵직해지기도 했다. 내가 아는 것이 세상의 전부라고 생각하며 목청 높이던 피곤한 싸움과도 같은 날, 이렇게 한 번쯤은 말을 가두고 오래도록 가슴에 담아둘 것을.

떠오르는 해를 바라보며 입천장에 혀를 붙이고 눈을 감았다. 감은 눈가가 이내 붉어졌다. 나의 불편함이 단지 나의 진심 아닌 공허한 말 때문이라면 혀를 깨물어야 할 일이다.

어떻게 생각하면 지난 사흘은 꽤나 긴 시간이었는지도 모른다. 태어나서 이렇게 오랜 시간 나의 의지로 말을 하지 않았던 일은 없었으므로. 하지만 전혀 심심하거나 이상하지 않던 곳. 그래서 내가 나와 가장 오랜 시간 대화를 나누었던 곳. 감자를 깎거나 토마토를 갈아서 준비하는 점심시간과 초저녁 첫 별이 뜨기 전까지 걸었던 황무지의 산들. 내가 받은 감동에 비하면 아주 적은 돈을 기부함에 넣고 수도원의 많은 계단을 내려오는 길, 마음이 가벼웠다.

언젠가 다시 이곳에 오게 된다면 그때는 지금보다 가벼워진 마음으로 지금 내가 받은 감동에 대해서 고맙다고 말해야지.

큰 소리로 말해야지.

사랑, 바람 불면 사라지고 마는 것. 지금 나의 것도 아니고 앞으로의 당신 것도 아닌 것. 그 무엇도 사랑 앞에서 단언하지 못하고 확신할 수 없다. 다만 조금의 애틋함으로 서로의 현재를 사는 일.

레바논 북쪽, 트리폴리*Tripoli*의 숙소에서 더위에 쫓겨난 나는 잠을 잘 생각을 접고 숙소 입구 계단에 앉아 병맥주를 마시고 있었다. 숙소 입구와 나란히 낡은 술집이 있었지만 취객의 높은 언성 때문에 차라리 어두컴컴한 계단을 택했다. 알아들을 수 없는 언어지만 충분히 이해되는 내용이었으므로. 좁은 공간에서 그것을 내 것인 양 함께 버텨내기란 쉽지 않았다.

중년이 되어가는 사내와 여자는 오늘이 마지막인 듯했다. 여자는 내가 들어오기 전부터 붉게 눈이 충혈되어 있었고, 남자는 한결같은 표정으로 단호하게 일관했다. 도시 곳곳에 총탄의 흔적이 난무하는 이곳은 아무래도 정서적으로 서로에게 호의적일 수는 없을 듯했다. 그렇게 여자가 사라진 쪽으로 밤 고양이 한 마리가 영문을 모르고 어둠에 불려나와 있었다. 남자의 친구가 찾아와 수습하는 동안 그 낡은 술집은 잠시 고요해지기도 했으나, 나는 다시 들어갈 마음이 없었다. 언제나 이별은 아프고 누구도 대신할 수 없는 일이므로. 그와 그녀가 진정 오늘이 마지막이라면 술집은 세상에서 가장 비극적인 공간이 될 수도 있을 것이다. 늘 전쟁이 끊이지 않는 나라에서 휴전되지 않는 각자의 마음들이 이 밤에도 무수히 피어난다. 이 공간에서 마음 편한 것은 고양이뿐인 듯했다.

나는 맥주병을 최대한 빨리 비우고서 괴로운 그 공간에다 대고 말하고 싶었다. 헤어지려는 그대들이여 헤어지시라. 지금 당장의 불편함이 이별보다 큰 것이라면 헤어지시라. 그리고 그 불편함을 각자가 조금 더 멀리 두고 바라보시라. 가만히 생각해보면 결국 이별이라는 것도 어떠한 현상일 뿐이지 않겠는가? 그대들은 이미 오래전에 헤어진 연인일 수도 있는 것이다. 오늘처럼 헤어질 그대들이 어제처럼 서로의 곁에 있다고 존재하는 것은 아닐 것이다. 마음 없이 존재하는 것이 어디 존재하는 것인가? 혹, 그렇게라도 존재하고 싶은 그대를 왜, 상대는 멀리하려 하는지 스스로 잘 헤아려보시라.

맥주 한 병에 취한 것도 아닌데 이상한 마음이 되었다. 왜, 그 풍경을 바라보는 내 마음이 그랬을까? 우리는 어쩌면 서로가 서로에게 너무나 많은 것을 기대하며 사는지도 모른다는 생각이 들었다. 늘 상대에게 많은 것을 기대하며 살다가 그 기대가 채워지지 못하면 언제든 돌아서고 마는 일. 가장 사랑하던 존재를 괴롭히는 동시에 결국 자신을 괴롭히는 일. 서로를 처음 만났을 때 그리고 처음 한 사람을 마음에 품었을 때를 잠시 생각해보라. 얼마나 애틋했는지 얼마나 서로에게 닿고 싶었는지.

어느 날, 서로가 너무 밀착되어 살다가 오히려 그리움의 간격이 멀어져버렸는지도 모른다. 늘 가까이에 두고 상대를 자기 식으로 이해하려

던 마음. 함께 있되 구속해서는 안 될 일들. 서로 상대가 되어보는 연습
이 부족했던 탓이라 생각했다. 가까이 있는 것만이 최선이라 생각했지
만 결코 그대를 옆에 두고도 극진하지 못했다. 늘 내가 그랬고 그대들이
그러할지도 모른다는 생각에서 나는 또 남은 맥주를 비우며 내가 나에
게 혼잣말을 한다.

　가끔씩 헤어지시라! 조금 떨어져 그만큼씩 그리워하면서 서로의 간격
을 넓혀 서로를 자유롭게 하는 것. 가까이 있음의 중요성을 알지 못함은

헤어져 있어보지 못함이다. 마음이여, 부디 마음으로부터 자유로워지시
라. 그리움이 없는 사람에게는 결코 사랑도 없을 것이다. 구속이란 그리
움의 간격 없음이 아닌가? 우리는 대부분 사랑이라는 것이 한 치의 간격
도 없이 행해져야 완벽하다고 여긴다. 실수다. 그대가 아끼는 것을 조금
만 멀리 두고 보라. 그리움의 간격이 필요한 것이다.

　너에게 더욱 밀착하려 했던 나의 마음이 너에게서 멀어졌다는 생각이
들었을 때, 이미 너는 나의 곁에 없었다.

덜컹거리는 버스 뒷자리에 조용히 앉아 있는데 구두닦이 통을 안고 어린 소년이 꼬박꼬박 졸고 있었다. 해안선을 따라서 모퉁이를 돌 즈음이었다. 불안했다.

술 냄새를 풍기던 중년의 여자가 모퉁이를 따라 휘어지며 담뱃불을 붙였다. 창밖으로 길게 연기를 뿜으며 아이를 쳐다봤다. 안쓰러웠다.

어둠이 깔리는 터미널에서 그들은 같은 방향으로 나란히 걸어갔다. 여자는 구두 통을 들고 아이는 여자의 손을 잡았다. 피곤해 보였다.

가족은 슬프지 않은 것이다. 다만 조금 힘이 들 뿐이다.

무엇이 그들을 그렇게 만들었을까? 삶이 힘겨워서 힘든 싸움도 마다하지 않는 그들과 그들에게서 벗어나려는 나는 피곤했다. 스스로의 평화를 위해 남의 평화를 깨는 일이 너무나 흔해졌다. 이 질펀하고 흥건한 혼돈의 날을 우리는 쉽게 피해가지 못한다. 여행도 삶도.

바알베크^{Baalbek}에서의 마지막 날 저녁노을 속으로 떠내려가는 수많은 풍선을 봤다. 비너스 신전 위로 날아가는 하얀 풍선과 하늘색 풍선이 노을 속으로 사라지고 있었다. 미사를 마친 사람들이 그들의 염원을 담아 하늘로 올려 보내는 것이라 했다. 점점 노을은 붉어지고 풍선들은 다시는 돌아오지 못할 노을 속으로 사라졌다. 세상에 태어난 모든 것들은 언젠가 사라지겠지만, 그 모든 것이 또 내가 살아 있는 동안 함께할 것임을 나는 안다.

평화로운 레바논의 마지막 밤이었다. 주피터 신전 쪽에서인지, 비너스 신전 쪽에서인지 알 수 없지만 동이 터도 피곤함은 쉽게 가시지 않았다. 다시 시리아로 넘어가는 절차를 생각하니 아침부터 머리가 복잡했기 때문인지도 모른다. 배낭을 다 꾸려놓고 숙박비를 계산하려는데 주인장이 보이지 않았다. 올 때까지 아침 담배나 피워야겠다고 다시 걸터앉은 베란다에서 여러 개의 꽁초를 만드는 동안에도 주인장은 나타나지 않았다.

차 시간도 제대로 알 수 없고 차편도 몰라서, 조금 일찍 나서야겠다고 생각했는데 아무래도 주인장은 어디 볼일을 보러 갔거나 늦잠을 자는 모양이었다. 그냥 메모지에 이름을 써놓고 돈을 올려놓을까 여러 차례 갈등하는데 주인장이 아무 일 없다는 듯 나타났다. 마음이 조금 더 급해졌지만 서두르지 말아야겠다고 생각하고 무거운 배낭을 멨다.

바알베크을 벗어난 버스는 국경에서 조금 떨어진 작은 마을에 나를 내려주었다. 안녕, 손을 흔들고 돌아서는데 버스 기사가 국경을 넘을 거냐고 물었다. 안자르*Anjar* 국경까지 가는 버스는 한참 기다려야 하니 택시를 타고 가라는 그의 말이 왠지 믿음직스럽지 못했다. 나는 그냥 버스를 기다리겠노라고 말하고 배낭을 내려놓자 그와 그의 아들이 다가와서 나의 배낭을 친절히 들어주며 자기 버스로 데려다주겠다고 말했다. 얼마냐고 물었다. 3,000리라를 달라고 했다. 택시로 5,000리라면 갈 수 있는 거리라 들었으니 그 정도면 적당한 가격이었다. 그리고 버스는 출발했다. 중간에 서너 명이 올라탔고 미니버스는 채 십 분을 달리지 않아서 국경에 도착했다. 사람들이 내리고 마지막으로 배낭을 챙겨 내리면서 조수석의 아들에게 3,000리라를 냈더니 버럭 화를 내면서 10,000리라를 줘야지 왜 3,000리라를 주느냐고 되물었다. 고등학생도 안 되어 보이는 맹랑한 아이의 음성이 날카로웠다.

"무슨 소리야? 버스 타기 전에 3,000리라라고 했잖아?"

"내가 언제? 난 분명히 10,000이라고 말했어."

"그럼 왜 나한테만 10,000리라를 받아?"

"그건 네가 10,000리라를 내겠다고 했기 때문이야."

"이봐, 난 바보가 아니야!"

홍정은 쉽게 끝나지 않았고 아버지와 아들은 굉장히 화가 난 듯 언성을 높였다. 지나가는 사람을 불렀다. 그에게 사정을 얘기하니 그는 당연히 기사가 원하는 대로 줘야 한다고 그들 편을 들었다. 너무 어이가 없어 몸에서 모든 피가 다 빠져나가는 기분이 들었다.

쉽게 지갑을 열지 않자 그는 버스를 돌리겠다고 다시 시동을 걸었다. 차문은 열려 있었고 내 배낭은 운전석 뒤에 그대로 방치되어 있었다. 큰소리로 "그럼 경찰서로 가자" 했더니 대뜸 "그래 좋아. 그렇게 하자"라며 오히려 자기가 큰 손해를 본 듯 성화를 부렸다. 그래 저기 보이는 경찰에게 가자며 배낭을 메려는데 기사가 운전석 밑에서 쇠파이프를 꺼냈다.

이상하게 무섭지 않았다. 큰 금액은 아니었지만 나는 그 부당함을 견디지 못했고 그는 자꾸 자기주장만 했다. 해결할 수 있다면 해결하고 싶었다. "자! 그래. 어디를 때릴래? 머리? 이왕이면 머리를 때려. 나도 너처럼 이상한 사람이 되도록 머리를 때려" 하면서 머리를 들이대는 순간. 쇠파이프가 날아왔다. 왼손으로 막으며 순간, 이 사람 그냥 버스 기사가 아니구나 생각했다.

번개 같은 통증이 오른쪽 팔목부터 전달되었다. 아찔했지만 이미 벌어진 일이었다. 나는 최대한 큰 소리로 사람들을 불렀다. 국경으로 들어가려던 사람들이 구경 삼아 밀려들었다. 나는 다친 팔을 부여잡고 기사에게 내리라고 했다. 이번에는 아들이 나의 목덜미를 잡았다. 사람들이 가까이 다가오고 나는 더 큰 소리로 저항했다. 이 모든 일이 사실이 아니었으면 좋겠다고 생각했지만 상황은 그리 쉽게 끝나지 않았다. 사람들이 몰려왔고 그중에 시리아 사람들은 뒤쪽에서 안타까운 표정만 짓고 있었다.

어떤 노인이 다가와 정중하게 말했다.

"타협을 하시지요."

나는 **빨리** 시리아로 넘어가야 했고 그들은 내 돈을 받아서 가고 싶어 했다. 5,000리라를 운전석으로 던졌다. 그러고 나니 아들의 거센 손아귀가 목덜미에서 풀렸고 기사는 빈정거리며 웃었다. 배낭과 함께 거의 밖으로 버려지듯 튕겨진 나는 그제야 쏜살같이 사라지는 작고 하얀 버스가 무섭다는 생각이 들었다.

무슨 이유에서일까? 그냥 그들이 요구하는 대로 주고 말았으면 다치는 일도 없었을 텐데 말이다. 국경을 넘으면 필요도 없는 레바논 리라를 나는 왜 끝까지 내놓지 못했을까? 그렇게 해도 되지만 그래서는 안 될 것 같았다. 나는 그들의 제안에 순순히 응했지만 결국 그들은 거짓말을 했다. 처음과 끝이 다른 그들은 정당하지 못했다. 먼 곳까지 와서 독립 투

쟁하듯 여행하기는 싫었지만 분명 상식에서 벗어나는 행동이었기에 참지 않은 것이 잘한 일이라 눌러 위로했다.

점점 부어오르는 팔목을 잡고 망연자실 국경을 바라본다. 중년의 시리아인이 나에게 괜찮냐며 위로한다. 하지만 쉽게 가라앉지 않는 마음. 고요해지지 않는 수면. 무엇을 믿고 살아야 하는 걸까? 사람과 사람 사이에서 일어나는 일들이 고작 이렇게 흘러간다면 내가 저 국경을 넘는들 무슨 의미가 있겠는가? 진심은 과연 무엇일까? 여행의 의지가 반쯤은 꺾이는 순간이었지만 되돌릴 수는 없는 일이 되고 말았다. 아무런 승산도 없는 그런 싸움.

웃으면서 떠난 그들도 나와 같은 기분일까? 무엇보다 슬픈 것은 아들의 얼굴이었다. 아버지 편을 들면서 나에게 욕을 하거나, 오히려 아버지보다 더 심하게 악다구니를 쓰는 아들의 얼굴과 아버지의 얼굴이 너무나 닮아서 서글펐다.

가까이에서 국경을 통과하는 자동차들이 경적을 울린다. 나는 다시 또 배낭을 멘다. 그리고 어제 파란 풍선들이 떠내려간 하늘을 본다.

사막은 본디 죽어서 태어나는 것이나 그 곳에서 죽은 것은 아무것도 없었다. 죽어서 태어나 평생을 죽은 채로 살기 때문에 죽은 것이 아니다.

비가 오고 있었다. 거대한 바위로 도시를 이룬 그 작은 마을에 먹구름 가득한 비가 오고 있었다. 간혹 섬광 같은 번개가 바위산 어딘가에서 번쩍일 때는 마치 세상을 덮고 있는 커다란 거울에 금이 가는 것처럼 느껴지기도 했다. 눈이 촉촉해진다. 사막이란 원래 죽은 것들이 살아가는 진공 상태의 도시이겠거니 짐작했지만 그곳에 죽은 것은 낙타의 뼈나 날짐승들의 몸에서 빠져 나온 깃털 밖에 없었다. 어쩌면 그것들도 사막의 바람을 마시고 이글거리며 타오르는 태양의 에너지로 진화하는 중인지도 모른다. 죽어서 영원히 살아가기 위해 제 몸 어느 한 부분을 붉은 모래 위에 내어놓고 보이지 않게 살아가는 중일지도 모른다. 붉은 것은 죽은 것이 아니다. 살아 있는 모든 것은 붉다.

붉은 사막, 와디럼^{Wadirum}에서 아름다운 석양이 기운을 놓으면 순식간에 밤이 되었다. 사람의 흔적이 어둠을 늦추게도 하지만 이곳에선 불가능하다. 완전히 다 차지 않은 달이지만 사막에서는 보름달보다 더 크게 빛난다. 달빛이 없다면 별은 더욱 빛났을 것이다. 별빛도 귀하고 달빛도 귀한 밤. 별빛에 담배 불빛을 더하며 소리 없이 누웠다. 마치 죽은 것처럼 살아가고 싶던 때가 떠올랐다.

추운 겨울의 칼바람. 모두가 퇴근한 사무실에서 홀로 나와 집으로 향했다. 그날 처음 밝히는 형광등. 양치질을 하다가 문득 나를 부르는 소리를 들은 것 같아 아무도 없다는 것을 알면서 칫솔을 물고 나온 환한 거실. 잠 못 들던 검은 새벽, 환한 액정 속에서 지워진 전화번호를 다시 찾아보는 일. 자정이 넘은 시간 마지막 버스에서 내린 곳에 홀로 깜빡이던 낡은 자판기. 이 모든 것은 계절에 상관없이 서늘하다. 서늘하게 죽은 것이다. 한때 나를 가장 붉게 물들였던 대부분의 것이 색깔을 잃었다. 모든 것이 황량했던 시간들. 저마다 화려한 불빛을 하나씩 차지하고 사는 밤의 도시. 밤이 되면 저절로 외로워지던 날들. 환하게 불을 켜놓아야지 겨우 잠들던 밤. 모든 것이 살아 끊임없이 우글거리는 도시에서 나의 불빛은 미약했다. 언제든 무엇이든 넘쳐나는 그곳에서는 내가 아니어도 가능할 것 같은 예감이 자주 들던 밤. 힘겹게 깜빡거리던 나의 마음쯤이야 언제나 환한 그곳에서는 아무것도 아닌 밤. 그 도시에서 귀하게 취급당하는 것은 결국 아무것도 없는 듯했다. 하지만 찬란한 도시 위로 붉게 퍼져 있는 밤하늘의 별들. 그 밤의 별들도 분명 오늘과 같은 별이었을 것이다.

오래오래 기억하고 싶다. 모든 것이 죽어 있다고 생각했던 이곳에서 찬란히 빛나는 별들과 그것들에 오로지 홀로 다 젖을 수 있는 이 시간을, 이 영원함을.

장기간 여행을 하다 보면
이력은 필요 없고 체력이 필요하다.
실력 없이 노력만으로도 가능하다.
신분보다 본분이 중요하다.
겪지 않아도 될 일을 겪어도 절망적이지 않다.
후회가 잦지만 이해가 빠르다.
의지는 타인에게가 아니라
자신에게 하는 것이라는 것을 인식한다.
발이 무거워지는 만큼 머리는 가벼워지며
피부가 거칠어지는 동안 마음은 부드러워진다.
상상을 현실로 옮기는 일이며
소통하지 못하더라도 소외될 일은 없다.
처음에는 풍경이 반갑다가 나중에는 사람이 반갑고
풍경은 기억하지 못해도 사람은 꼭 기억하게 된다.
안락함을 벗고 위태로움을 입는 것이며
자랑할 일은 없으나 자랑하고 싶은 마음이 생긴다.
미래의 보장은 없되 보장된 피곤함은 있고
현재가 될 미래에게 과거를 선물한다.
최소한의 짐으로 최대한의 효용 가치를 만들며

내 것은 어디에도 없되 불편하지 않고
필요한 만큼 구비하는 것이 아니라 책임질 만큼 준비한다.
혼자 앓아눕고 스스로의 이마에 손 올려 열을 낮출 수 있어야 하며
좋아하는 음식을 만나는 일보다 끼니를 거르는 일에 익숙해지고
없던 용기는 나타나고 있던 자만심은 줄어든다.
자주 길을 잃으며 그만큼 자주 행운이 찾아오기도 한다.
반성하는 일이 잦아도 마음은 평화롭다.
시간에 맞춰서가 아니라 상황이 되면 속옷을 갈아입고
이부자리가 불편해도 오래오래 잘 수 있다.
신경은 무뎌지고 감각은 살아나는 일.
생활의 경계가 없는 대신 경제의 경계가 있으며
처음 보는 사람에게 도움도 청하고 도움을 주기도 한다.
항상 새로운 인연을 만나는 만큼 이별이 보장되어 있으며
아무리 잘했다고 생각해도 칭찬이 없을 수도 있다.
스캔들은 없을 수 있으나 사랑이 많을 수도 있으며
남들이 부러워할 거라 생각하지만
정작 스스로가 만족할 수밖에 없는 일이기도 하다.
익숙했던 대부분의 것이 낯설고
새로운 모든 것이 익숙하다.

173

혼자서 말하고 혼자서 대답하는 일이 잦으며
한 곡의 노래를 반복해서 듣는 일보다
한 곡의 노래를 반복해서 부르는 일이 더 많다.
때로는 열 살쯤 낮추어 말해도 믿어주는 사람이 생기고
자신이 가장 좋아하던 스타의 이름이 내 이름이 되기도 한다.
계절은 찾아오는 것이 아니라 찾아가는 것이며
버티는 게 아니라 견디는 것이다.
불면의 밤, 잠이 오지 않는 날보다
잠을 자고 싶지 않은 날이 많아진다.
시간이 되어 돌아가기보다 때가 되어야 돌아간다.
이 모두가 하루아침에 변할 거라 상상하지만
스스로가 스스로를 바꿀 수 있어야 한다.

　　　　　　　　　　성급한 것은 잠시 아름답게 반짝이다 사라졌고 생각 없이 흘러온 사이에 익숙한 계절만 남았다. 당신과 같은 계절을 살아내지만 반대편의 그곳에서 떨고 있을 당신. 뜨겁게 녹고 있는 이곳의 겨울. 여전히 내 마음도 그쪽으로 향하며 뜨거운 태양 아래 떨고 있다. 그 마음, 다시 나에게로 녹아내리길 바라는 심정으로 당신에게 뜨거운 겨울을 보내고 싶었다. 몇 백 원짜리 우표에 침을 발라 보낸 엽서를 받고 당신도 혹시 나처럼 떨고 있지 않을까.

자고로 바다를 본 자, 물에 대해서 말하지 않는다고 했다. 하지만 어떤가. 때로는 내가 보고 겪은 것이 전부라고 생각하고 말할 때가 있다. 또 자기가 본 것 그대로, 자기가 경험한 것만 그대로 발설하며 살아야 한다고 할지라도 때때로 우리는 그것을 더 극적으로 만들어야 한다는 의무감에 빠질 때도 있다. 남자들의 군대 이야기가 그렇고 처음 여행한 사람들의 허무맹랑한 여행담이 그렇다. 물론 그렇지 않은 사람들이 더 많다는 것을 안다. 실제로 전쟁을 겪은 듯 말하는 군대 이야기, 마치 자기가 있었던 곳이 세상 유일한 곳인 것처럼 말하는 여행 이야기. 이 모든 것은 사실 속에서 만들어낸 허구이다.

적당한 온도의 바람이 부는 숙소 베란다. 가까이로 펼쳐진 이집트의 홍해가 검게 드러누워 있다. 별빛도 희미하던 그날. 오랜만에 만난 한국 여행자들이 모여 통성명을 했다. 지나치지도 않고 새로울 것도 없이 빤한 인사가 오갔지만 반가웠다. 모두 오래된 여행자들이었다. 바다는 고요해졌고 극성스런 십일월의 모기들을 그냥 가만히 앉아서 참아내기에는 어려운 시간이었다. 그 자리에는 이제 처음 여행을 시작한 법대생도 있었고, 영국 생활을 아주 오래한 친구도 있었고, 아직 섹스를 한 번도 하지 않았다는 순결한 청년도 있었다.

그날, 우리는 바닷물보다 진한 보드카 한 병을 놓고 각자의 이야기를 꺼냈다. 사내들의 수다가 시작되었다. 그 이야기 속에 나만 알고 있기 아까운 이야기가 있었다. 영국에서 온 친구와 법대생이 함께 겪은 이야기였다. 영국에서 사는 친구는 세계 거의 모든 나라를 장기간 다닌 여행자였고 인도에서 법대생과 만나 이집트까지 동행하게 되었다. 나머지 한 청년과 나는 그저 듣기만 해도 즐거웠던 그날 밤의 이야기. 일 년 동안 한국 음식을 한 번도 먹지 못한 사람이 전라도식 밥상에 대해서 이야기하는 것과 같이 흥미로웠다. 그쯤 이미 보드카 반병이 비워졌다. 이야기는 이렇게 시작되었다.

형, 그럼 제가 재미있는 이야기 하나 해드릴게요. 인도 델리에서 다람살라*Dharamshala*를 가기 위해 케시미르 게이트에서 버스를 기다리고 있었어요. 날이 쌀쌀해지기 시작해서 같이 다람살라를 가기로 한 한국 여자와 담배를 피우며 수다를 떨고 있었지요. 그런데 어디선가 한국말이 들리면서 곧 어떤 한국 남자가 다가오는 거예요. 저보다 형 같아 보여서 제가 먼저 악수를 청하며 인사하려고 하는데, 아니! 이 사람 두 손을 모으고 합장을 하면서 "제 이름은 라무입니다"라고 하더라고요. 잘못 들었나 싶어서 "예?" 하고 다시 물어봤지요. 그래도 역시 "제 이름은 라무입니다"라는 거예요. 이유를 들어보니 지인 중에 티베트인들이 많아서 이름을 바꾸었다고 하더군요. 그래서 그런가보다 하고는 "여행한 지 오래되셨나봐

요?" 하고 물어보니 "그럼요! 벌써 석 달이나 됐어요" 하더라고요. 아, 그렇군요, 하고 말았지요. 뭐, 여행 오래하는 것이 자랑은 아니니까요.

그런데 그 라무라는 사람이 다람살라에 대해서 장황하게 설명을 늘어놓기 시작하는 거예요. 저는 벌써 몇 번이나 다녀왔지만 딱히 할 말이 없어서 가만히 듣고만 있었지요. 다람살라 가는 버스는 너무 추워서 될 수 있는 한 모든 방한구를 갖추어야 한다고, 안 그러면 입이 돌아갈 수도 있다는 거예요. 본인은 다람살라에 친구도 있고, 오늘은 터미널에 일찍 도착해서 아는 티베트인 집에서 한숨 자고 왔기 때문에 전혀 피곤하지 않다고 하더군요. 나중에 알고 보니 그 친구, 델리에 들어 온 지 겨우 사흘째였어요. 다람살라도 가보지 않고 어디선가 들은 이야기를 자기 이야기처럼 한 거지요. 여하튼 그렇게 다람살라에서 각자 헤어졌고 저는 다음 날, 같이 간 친구와 함께 인터넷을 하기 위해 PC방을 찾았는데 그 라무라는 사람이 누군가와 인터넷 통화를 하고 있는 거예요. 그 통화 내용을 듣고 그때 같이 갔던 한국 친구들 다 쓰러졌어요. 아마도 어머니에게 안부를 전하는 모양이었는데 얼마나 황당하고 웃기던지. 통화 내용은 이런 거예요.

"엄마, 나 네팔 갔을 때, 에베레스트 산에 올라갔잖아. 왜 그 히말라야. 그 산에 오르는데 한국 사람들이 없는 거야. 그래서 가이드 하는 네팔인이랑 현지인 마을에 도착했는데, 현지인이 한국 사람 너무 반갑다

며 나한테 석청을 대접하는 거야. 엄마, 석청 알지? 1킬로그램에 백만 원 넘는 거. 그래서 고맙다며 먹고 있는데 갑자기 곰이 들어왔어. 그러니까 현지인이 총을 꺼내서 곰을 쏴 죽이더라고. 그리고 한국 손님 귀하다면서 웅담을 바로 뽑아서 빨대에 꽂아주는데, 엄마, 웅담 엄청 쓰데? 웅담 먹고 기운이 확 들어서 가이드랑 같이 다른 마을로 갔는데, 그 마을도 한국 사람 처음 본다고 나한테 이것저것 대접하는 거야. 동충하초가 토산품이라며 나를 데리고 산에 가더니 동충하초를 그 자리에서 따서 주데? 먹었는데 너무 쓴 거야. 근데 엄마, 석청이랑 웅담에 동충하초까지 먹어서 그런지 몸이 너무 뜨거워지더니 기절했다가 하루 만에 일어났어…… (중략) …… 엄마, 나 그래서 지금 엄청 건강해."

아무튼 이런 내용이었어요. 형, 알지요? 네팔에 얼마나 한국 여행자가 많은지. 그 트래킹 코스에 한국인들이 너무 많아서 어느 때는 인사하느라 바쁜데 말이지요. 그 후로 라무라는 사람을 만난 한국 사람들은 다들 그 이야기를 하나도 틀리지 않고 하는 거예요. 여하튼 라무의 이야기는 여행 중 들은 가장 허무맹랑하고 재미있는 이야기였어요.

그날 밤, 더욱 선선해진 시간까지 우리는 각자의 여행 이야기를 들으며 또 다른 여행을 했다. 여행이 좀 더 즐거워지는 그런 시간이었다.

그 라무라는 여행자, 물론 거짓말은 아닐 거라고 말하고 싶다. 이등병

시절 손가락 하나만 까딱해도 죽은 척해야 할 때가 있었듯이 처음 여행길 모든 것이 낯설고 생경해 조그만 일에도 크게 감동하기 마련이니까. 여행은 상상을 현실로 만드는 일이자 상상 속에서 또 다른 상상을 만나기도 하는 일이니까. 때로는 그런 상상의 힘으로 우리는 사는 건지도 모른다. 상상할 수 있을 때 사람은 행복해지는 것이다.

라무의 허무맹랑한 이야기를 듣고 그의 어머니는 생각하셨을 것이다. '야! 이놈아. 너 군대 갔을 때도 나에게 전화 걸어 총 사야 한다고 돈 내놓으라고 그랬다.' 그는 자신의 여행에 대해서 누구보다 흥분된 상태니까, 설령 그것이 거짓말이라고 해도 상관없다. 어떤 의도를 가지고서 누구를 해하지도 상대방을 깎아내리지도 않았으니. 오히려 나는 그런 순진무구한 마음이 부럽기도 하다. 누가 들어도 허무맹랑한 이야기는 거짓말이 아니다. 단지 현실이 아닐 뿐.

그 정도야 웃고 넘길 일이다. 남자들이란 누구나 다 한번쯤 영웅이 되고 싶어 하니까. 그런데 아무리 생각해도 곰 이야기는 너무 심한 것 같기도 하다.

그날은 아침부터 바람이 심하게 불었다. 아니, 미열에 시달리던 새벽부터 피라미드처럼 뾰족한 바람이 카이로 시내 전체를 흔드는 듯했다. 뿌연 먼지 가득한 도시가 휘청거리도록 집요하게 불어댔다. 어쩌면 이 도시가 조금은 정화되어 새로 태어날 수도 있겠구나 생각했지만 그러기에는 바람이 너무 거셌다. 옥상에 걸린 광고판의 비닐이 떨어져 숙소 창문을 무섭게 두드렸다. 거리의 모든 것이 날아가고 있었고, 사람들은 스스로를 지키기 위해 동그랗게 가슴을 말고서 걸음을 재촉했다. 아무래도 정화되기보다 혼란을 야기할 가능성이 큰 바람이었다. 내 마음과 상관없이 거센 바람에 위축되던 날이었다.

택시 기사는 나의 말을 전혀 이해하지 못했다. 휴지 조각 같은 종이 위에 그림을 그리고 그와 내가 알고 있는 공통된 단어를 찾아 열심히 설명했지만 그는 내가 원하는 방향으로 제대로 움직여주지 않았다. 설마 그곳에 외국인이 가리라고는 생각하지 못한 건지도 모르겠다. 몇 번의 실랑이 끝에 결국 숙소에 전화를 하고 그 통화를 통해 그는 쓰레기 냄새가 물씬 풍기는 마을 입구에 나를 내려놓고 다시 먼지를 날리며 사라졌다.

택시가 나를 내려준 곳은 커다란 물웅덩이 앞. 그 위로 쓰레기를 가득 실은 자동차가 지나가다 이내 동네 안으로 사라졌다. 차가 견딜 수 있는 한계를 초과한 많은 양의 쓰레기. 마치 발이 달린 커다란 언덕이 움직이듯 골목을 꽉 채우며 자동차는 느리게 사라지고 있었다. 동네 안의 쓰레기를 싣고 나오는 것이 아니라 분명 쓰레기를 가득 싣고 동네 안으로 사라지고 있었다. 눈앞에 펼쳐지는 모든 것들이 상상보다 과하게 다가왔다. 시큼한 냄새를 남기고 사라지는 자동차, 그 냄새는 마을 안으로 들어가면서 더욱 짙어졌다.

여전히 바람이 심하게 불고 있었고, 그 때문에 더 혼란스러워졌는지 아니면 바람과는 상관없이 처음부터 그랬는지는 알 수 없었다. 코를 막는다 해도 소용없는 진한 냄새였다. 그 속에서 가끔 아이들이 튀어나오고 당나귀가 산더미 같은 쓰레기를 옮기기도 했다. 모든 건물에 쓰레기가 가득했고 사람들은 그것을 견디며 살아내고 있었다. 1층에도 2층에도 옥상에도 그렇게 형형색색의 쓰레기가 가득한 동네. 만약 하늘에서 내려다본다면 쓰레기가 점점이 모여 있는 모습이 어느 점묘파 화가의 그림 같기도 할 것이다.

모카탐Mogattam, 버려진 쓰레기의 동네. 열에 아홉이 무슬림인 이집트에 콥트교Coptic 이집트에서 가장 오래된 주교제의 기독교 교파 신도들이 모여 사는 이곳은 카이로 시내의 모든 쓰레기가 모이는 곳이기도 했다. 오래전부터 무슬림이 흘려놓은 쓰레기를 주우며 쓰레기 더미를 전부로 알고 사는 사람들. 그들의 능력이 아무리 뛰어나도 무슬림 사회의 일원이 될 수 없는 이유로 말이다. 마치 이슬람교와 콥트교 사이의 간격을 거대한 쓰레기 더미가 채워주

는 듯 그들은 너무나 다른 세상에서 살고 있다. 같은 하늘을 사랑하고 같은 마음으로 의지하는 그들에게 신은 무엇이기에 이런 풍경을 만드는 것일까. 신의 이름을 빌어 행하는 인간의 행동이란 얼마나 냄새나는가.

쓰레기 가득한 골목 깊숙한 곳을 지나 오르막을 오르자 그들의 성전, 동굴 교회가 나왔다. 커다란 바위 아래 비밀스럽게 자리한 예배당의 의자들과 손때 묻은 얼룩들. 동굴 안에는 다른 세상이 있었다. 그들의 삶처럼 낮고 컴컴하지만 고요하고 순한. 쓰레기 더미 속에 이런 곳이 있다니 믿음이 이토록 신성하고 간절한 것이던가. 도시에서 얼마 멀지 않은 곳이지만 지구 밖의 다른 곳처럼 느껴졌다.

때로는 어떠한 저항도 없이 받아들여야만 하는 삶도 있을 것이다. 비단 이곳 이집트뿐만 아니라 선진국이라 자처하는 많은 국가나 단체 또는 가족에게마저도 주류에 들지 못하면 밀려나는 세상이다. 수가 적거나 힘이 없는 존재들은 도태되기 마련이라는 쓰레기 같은 논리라면 나는 더 이상 기도하기 힘들 것이다. 하지만 그들은 기도를 잊지 않았다. 이 냄새 나는 외로운 성지에서 잘 견뎌내고 있는 중이다. 빗방울은 바위를 절대로 뚫을 수 없지만 빗방울이 떨어지는 것은 아무도 막을 수 없으므로.

무너진 담벼락 사이로 흘러내린 쓰레기 더미에서 아이들의 웃음소리가 흘러나왔다. 카이로 시내에서 흘러들어온 쓰레기 더미 속에서 찾아낸 것들을 귀중하게 분류하는 오후의 시간이 아무 일 없다는 듯 천연덕

스럽게 흘러갔다. 재잘거리던 웃음소리가 이 골목의 풍경을 밝게 만들고
있었다. 커다란 수레를 끌고 가던 소년들이 손을 들어 인사를 했고 쓰레
기 더미 가득한 옥상에서 빨래를 말리던 아주머니가 손을 흔들기도 했
다. 얼굴과 머리카락에 내려앉은 검은 먼지들. 그 먼지들이 눈에 들어오
지 않을 만큼 멋진 웃음을 가진 사람들의 인사. 아무리 열심히 쓰레기를
분류해도 이곳을 절대로 벗어날 수 없다는 걸 알면서도 낯선 이방인에게
손들어 인사하는 그들의 마음은 어떤 것일까?

　동네 너머 사람들이 버린 많은 것들이 결국 이곳 모카탐에서 재활용
되어 다시 그들에게로 돌아간다는 것을 알고 있어야 한다. 그래서 이들
의 존재를 귀하게 여겨야 한다. 그리고 이들이 동네 밖으로 나왔을 때 다
정히 손 흔들어줘야 한다.

　세상에 나와 쓸모없어진 모든 것들을 새롭게 탄생시키는 곳. 이곳에
도 차 한잔 마실 수 있는 따뜻한 찻집이 있고, 무더운 십이월의 크리스마
스를 준비하는 전구가 상점 안에서 여전히 빛난다. 우리의 아침처럼 그
들에게도 아침이 있고 우리 못지않은 웃음이 그들에게도 있는 것이다.

　어쩌면 신은 쓰레기 더미 속에 더 가까이 계신 것인지도 모르겠다.

유럽과 아시아 대륙 사이 펼쳐진 보스프
러스 해협. 그곳에서 불어오는 바닷바람은 이스탄불의 겨울을 조금 더
깊어지게 하는 힘을 가졌다. 두 대륙을 마주하고 서로가 서로의 반대편
을 그리워하는 동안 그 사이의 하늘과 바다는 자주 심한 변화를 일으켰
다. 둔탁한 하늘 아래 거친 바다가 되었다가, 탐스럽게 구름을 품은 하
늘 아래 잔잔한 수면을 드러내기도 했다. 하루에도 수차례 변하는 풍경
을 보면서 사람들도 그것을 닮아 가고 있었다. 나는 그 불안정한 날씨 사
이로 유럽과 아시아를 자주 드나들었다. 오늘은 유럽 쪽의 이스탄불에서
어제 다녀온 반대편의 아시아 지역을 바라본다.

십이월의 시작. 한낮의 태양은 바람에 깎여나가고 파도는 조금 더 거칠
어졌다. 점점 무거워지는 구름 사이에서 안간힘을 다하는 태양도 자주 얼
음 같은 비를 뿌리는 하늘도 누가 뭐래도 겨울. 그 때문에 벌써부터 크리
스마스 선물을 기다리는 사람들이 바다를 향해 캐럴을 부르고 있었다.

바닷바람에 생기를 잃은 늙은 고양이 한 마리가 낚시꾼과 바다를 마
중하러 나온 사람들 사이를 열심히 오가며 소득 없는 오후를 보내는 중
이다. 영리함마저 잃고 사람들 틈에서 자신을 잃어가고 있다.

방파제 위로 바다의 힘이 파멸되고 있다. 하얗게 부서지는 파도. 그 파
도를 능숙하게 뛰어넘는 고양이. 고양이는 제힘으로 바다를 선택했지만

그것을 바라보는 나는 아무래도 조금은 슬프다. 영리하지 못한 고양이,
어쩌면 그것은 나의 모습인지도 모른다고 생각했기 때문에. 수많은 사
람들 사이에서 흐르는 동안 어디에도 걸리지 못하고 흘러만 갈 뿐, 결국
은 제자리.

　잠시 멈추고 당신의 반대편을 보라. 그리고 그곳에서 당신이 서 있던
곳을 보라. 자신에게서 벗어나 자신을 보라. 자신의 안에서 자신의 밖을
보고 자신의 밖에서 자신의 내면을 보라. 누군가에게 전화를 걸어도 원
하는 곳에 닿을 수 없다. 가까운 사람들에게 묻는다 해도 쉽게 도착할
수는 없다. 오로지 스스로 바라보고 직접 그곳을 향해 걸어야 할 일이
다. 때로는 당신의 반대편으로.
　다행이다. 멀리 가지 않고서도 반대편의 풍경을 볼 수 있는 이곳은, 이
스탄불이다.

Part 5

겨울 속의 겨울

방금 헤어지고도 다시 보고 싶은 사람이 있다. 다시 만나자고 이야기한 적 없는데 다시 만나고 싶은 사람이 있다. 멀리 있지만 항상 마음에 두고 싶은 사람이 있다. 아득히 멀어졌지만 생생히 살아 있는 사람이 있다. 자주 못 볼 사람이지만 꼭 다시 만나게 될 것 같은 사람. 당신은 아무 말 하지 않았는데 나의 마음만 자꾸 부풀던 일. 그래서 가끔 반대편을 바라보며 위로하던 일. 결국 당신에겐 아무것도 아니지만 나에게 전부인 일. 그것은 모두 내가 사랑한 일. 그랬으니 괜찮다. 십 년 뒤에도 당신일 것 같으니, 그 하나의 사랑일 것 같으니.

그루지야 트빌리시*Tbillsi*, 디두베*Didube* 버
스터미널. 귀한 햇볕이 구멍가게 담벼락을 조명처럼 비추던 오후. 언제
출발할지도 모르는 버스를 기다리며 길을 잃은 아이처럼 멍하니 앉아
있는데 무뚝뚝하게 차려입은 무뚝뚝한 남자가 건너편에 앉았다.

"안녕하세요?" 인사를 했지만 별다른 반응이 없다. 담배를 두어 개비
더 피우고 나니 또 한 명의 무뚝뚝하게 생긴 남자가 반대편의 햇볕을 차
지하고 앉았다. 인사를 할까 하다가 마음에만 담았다. 햇볕 아래 나란
히 앉은 셋은 말이 없었다.

어색하면 말이 많아지는 나지만 그 무뚝뚝함을 뚫기에는 알고 있는
그들의 언어가 늦은 오후의 햇볕만큼이나 희박했다. 어색함을 달래려
두 번 정도 접힌 종이를 꺼내어, 그 속에 적힌 주소를 마음속으로 찬찬
히 읽는다. 보르조미*Borjomi*……, 그곳은 광천수가 솟아나는 한적한 시골
마을. 사이다처럼 알싸한 물맛 같은 사람들이 착하게 사는 곳이라고 했
다. 어렵게 받아 적은 주소를 사이다 마시듯 꿀꺽꿀꺽 읽어본다. 어차피
아무리 읽어도 그곳에 도착하면 다시 한번 더 읽어야 할 기억력이지만,
두 남자 사이에서 햇볕만 차지하며 민망하게 버티기보단 나을 것 같았기
때문이다.

이곳에 대한 정보를 미처 준비하지 못한 나는, 내가 가야 할 마을 이
름과 그 마을에서 갈 만한 숙소의 주소만 달랑 적고 무작정 버스를 기

다린다. 먼저 앉았던 왼편의 남자가 종이 속의 주소를 무심히 바라본다. 그리고 다시 말이 없다. 오른편에 앉은 남자가 비스듬히 주소를 보며 궁금한 눈으로 나를 바라본다. 나는 "이곳으로 갈 겁니다" 하고는 고개를 끄덕인다. 다시 말이 없다. 참으로 민망하고 무뚝뚝한 시간이 흐른다.

　나는 버스 중간 지점의 창가에 앉았고, 왼편의 남자는 나의 앞자리에 오른편의 남자는 나의 반대편에 앉았다. 보르조미에 도착하면 어두워질 것을 예감하는 듯 태양은 점점 방향을 잃어간다. 약간의 불안함을 창밖의 어두워져가는 풍경을 보며 달랜다. 조금 더 일찍 출발하지 못한 것을 후회하는 시간 버스는 자꾸만 흔들린다. 이런 한적한 시골길을 달리는 동안 혼자가 아니라면 어떤 기분이 들까? 애써 명랑한 학생처럼 소풍 가는 기분으로 열심히 선곡을 한다. 경쾌한 음악이 지겨워질 즈음 버스는 어스름한 어둠과 함께 나를 내려놓았고 무뚝뚝한 두 남자도 함께 내렸다.

　어디선가 찬바람이 훅하고 가슴속으로 들어오는 것 같다. 나는 다시 조심스레 넣어두었던 쪽지를 꺼냈다. 쪽지 속의 글들은 그저 글자로서의 역할만 할 뿐 나에게 아무것도 알려주지 못했다. 우선 내가 내린 곳이 어딘지 알아봐야겠고, 그 전에 이 쪽지에 적힌 주소가 어디쯤인지 알아봐야 했다. 낯익은 두 남자를 포기하고 주소를 물어볼 사람을 물색하는데 왼쪽의 남자가 다가와 쪽지를 보여 달라고 했다. 고마운 마음으로 건네준 쪽지가 남자의 고개를 갸우뚱거리게 만들고 오른쪽 남자까지 끌어

들였지만 그 역시 마찬가지였다. 쪽지 주인인 나는 무뚝뚝해져버렸고 두 남자들은 무뚝뚝함을 풀고 서로 뭔가 전달하는 듯했다. 오른쪽의 남자가 뭔가를 말하는데 아무래도 내가 적은 주소가 잘못된 것 같다. 거리의 이름을 잘못 적은 건지 번지를 잘못 적은 건지 알 수는 없으나 두 남자가 앞장을 섰다.

흐르는 물소리가 크게 들리는 다리를 건넜다. 손님이 아무도 없는 가게에 들어가 주인에게 주소를 보여준 남자가 다시 길을 재촉했다. 산간 마을의 어둠은 생각보다 빠르게 진행됐다. 오른쪽의 무뚝뚝한 남자가 배낭을 달라고 했다. 괜찮다고 했으나 왼쪽의 무뚝뚝한 남자도 그러라고 했다. 작은 마을이라 대수롭지 않게 생각하고 출발한 내 잘못이 크다. 마을이 생각보다 크고 모퉁이를 돌 때마다 깊어가는 겨울밤의 집들이 오순도순 끝도 없이 이어졌다. 이래서는 안 되겠다는 생각이 갑자기 들었다.

"제가 알아서 찾아볼 테니 두 분은 그냥 돌아가세요. 걱정하지 마세요. 저, 어린아이가 아니잖아요. 괜찮을 거예요." 차라리 독백할 것을 그랬다. 그 무뚝뚝한 남자들. 합창하듯 괜찮다고 손을 내저었다. 내심 그들이 진짜로 배낭을 내려놓고 가버리면 정말 난감할 것 같다는 얄팍한 생각이 들기도 했던 것 같다.

얼마쯤 헤맸을까? 남자들의 결정적인 발걸음이 옮겨지는 듯했다. 대문을 두드리는 왼편의 남자가 웃는다. 걱정하지 말라는 웃음일 것이다. 정말로 숙소 주인이 대문을 열었다. 그리고 주소를 확인하기도 전에 오늘은 방이 없다고 했다. 친척들이 연말을 지내러 온 탓에 남는 방이 없다고 대신 자기가 아는 숙소에 전화를 걸어주겠다고 했다. 그리고 무뚝뚝한 두 남자와 주인의 대화가 이어졌다. 어쩔 수 없는 일이라 체념하고 주인에게 주소를 적어달라고 했더니 두 남자가 괜찮다고 자기가 안다며 그냥 따라오라고 했다.

아…… 너무 미안하고도 미안하다. 그렇게 따라나선 길. 갔던 길을 한참을 내려와보니 허무하게도 내가, 아니 우리가 처음 내렸던 길가 정류장 근처의 번듯한 숙소였다. 반쯤은 허탈하고 반쯤은 미안하고 그보다 많이 고마웠다. 처음부터 내가 가진 주소가 틀린 것을 인정하고 다른 곳을 알아봤더라면 이렇게 수고스럽게 만들지 않았을 텐데. 융통성 없는 나의 고집이 밤을 깊게 만들었다. 무뚝뚝한 이 남자들도 허탈하게 웃는다. 우리가 출발했던 그곳. 그렇게 나는 그곳에 짐을 풀기로 했다.

무뚝뚝한 남자들의 의리가 가슴 뻐근하게 밀려왔다. 결국은 코앞에 두고 먼 길을 돌아온 허무한 일이 되어버렸지만, 그들의 의리에 단단한 심지 같은 느낌들이 가슴에 박혔다. 고마워요, 고마워요.

이들은 왜, 이토록 나에게 친절한 것일까. 내가 살면서 베풀 수 있는 친절이란 고작 입으로만 떠드는 일들. 낯선 이에게 기꺼이 시간을 나누

는 이 무뚝뚝한 남자들의 뒤를 따라가며 미안한 마음이 어둠처럼 깔렸다. 나의 일들로만 시간을 부리며 사는 동안 주위의 사람들이 어떤 마음인지 생각할 여유조차 없던 나 같은 사람에게도 이런 행운이 오는구나 생각했다.

그렇게 늦은 밤이 되어버린 시간, 서로를 바라보며 어둠 속으로 허무한 웃음을 날리던 골목. "덕분에 내일 아침에는 혼자서도 동네를 잘 돌아다닐 수 있겠어요. 고마워요. 이제 나의 집을 찾았으니 내가 당신들을 데려다줄까요?" 무뚝뚝한 남자 둘이 웃음을 감추고 있다. 무성영화 속의 장면 같다.

낯선 도시의 겨울밤. 말도 없이 손을 내미는 왼편의 남자와는 달리 악수 대신 손만 슬쩍 들던 오른편의 남자와 짧은 인사를 했다. 퀴퀴한 점퍼의 냄새와 구릿하고 두터운 손. 무뚝뚝한 그들의 의리가 손끝으로 전해진다.

잘 가시라. 그대들도 앞날의 불안을 거두고 잠들기 바란다. 모든 것이 따뜻해져가고 있는 밤이다.

넓은 소파보다 무거운 몸을 가진 숙소 주인은 며칠 전부터 나에게 말했다. 카즈베기 *Kazbegi*에 가려거든 이번 주 안으로 가는 것이 좋을 거라고.

나는 풍문으로만 들은 산의 신비함을 제대로 느껴보기 위해 자꾸만 아껴두고 싶었다. 장황하게 펼쳐진 카즈베크 설산을 뒤로하고 처연하게 홀로 선 교회의 풍경. 그 산이 얼마나 높은지 그곳에서 바라보는 발아래는 얼마나 깊은지 사진만 보고는 알 수 없었다. 내 마음속에 영원히 정지되어 있는 풍경……. 그루지야를 찾은 첫 번째 이유였다. 그래서 아끼고 싶었다.

"카즈베기에서 새해를 맞이할 거예요." 그렇게 말하자 그녀는 "겨울철의 카즈베크 산은 아무 때나 볼 수 있는 그런 산이 아니오. 눈이 많이 온다면 갈 수가 없고 설령 그곳에 간다고 해도 늘 볼 수 있는 풍경은 아니란 말이오. 아마도 이번 주에 가지 않으면 힘들지도 몰라요"라며 당부하듯 말했다.

사실 그 말을 듣지 않았다면 나도 내가 아는 어느 여행자처럼 구름 속에 갇힌 풍경만 배회하다 다음을 기약해야 할지도 모를 일.

심하게 휘어진 고갯길을 한참 돌고 돌며 점점 고도가 높아지는 동안 무거운 겨울의 구름이 산 대부분을 가리고 있었다. 몇 개의 낡은 터널을 지나고 산 그림자가 짙어지던 시간, 약간 불안한 마음이 들기도 했다. 주인장 말처럼 내가 이곳에 머무는 동안 정말 그 풍경을 볼 수 없게 된다면 나는 어떤 결정을 내려야 할까?

　고단한 잠에서 깨어난 아침, 커튼을 여니 가까이 카즈베크산과 그 위에 올라앉은 츠민다 사메바 교회가 그림처럼 펼쳐져 있었다. 햇볕을 받은 카즈베크 산봉우리는 더욱 입체감이 선명해져서 마치 3D 영화를 관람하는 듯했다.

　자꾸만 급하게 뛰는 심장, 첫사랑처럼 설렌다. 나는 창가의 풍경만으로도 만족할 수 있을지 모른다는 기분이 들었다. 그리고 저기 저 봉우리 뒤로 러시아가 시작되고 있을 거라고 생각하니 갑자기 한기가 느껴지기도 한다.

　할머니가 차려주신 아침을 먹고 길을 나선다. 마을을 내려가 다리를 건너고 동네를 지난다. 늦은 아침이지만 해가 닿지 않아 아직도 이른 새벽 같은 산골. 자꾸만 뒤돌아보거나 먼 데를 보게 된다. 마음이 급하다. 바로 위 보이는 사메바 교회는 다가갈수록 자꾸만 멀어진다. 카즈베크 산을 배경으로 말없이 서 있던 교회까지 몇 곡의 노래를 들었을까? 점심 때가 다 되어 눈앞에 나타난 언덕. 피곤한 눈으로 바라보는 멍한 풍경이 점차 맑아진다. 병풍처럼 펼쳐진 설산을 배경으로 작고 아담한 교회가 바람을 그대로 다 맞고 서 있다.

　카즈베크가 가까워질수록 산의 육중한 자태에, 아름다운 중압감에

잠시 다리를 휘청이기도 했다. 시력이 갑자기 좋아진 것처럼 깨끗한 풍경에 마음마저 경건했다. 경건한 풍경 사이, 아무리 많은 사람들이 올라도 문제없을 것 같은 넓은 초원이 있다. 그 초원 끝에 벼랑이 있고, 그 벼랑 아래 신의 말씀을 조아리는 인간들의 터가 아득하게 펼쳐진다.

아, 어쩌면 우리는 이곳을 통해 다음 생으로 갈 수 있겠구나. 혹은 지금의 생을 가장 찬란하게 빛낼 수 있겠구나 하는 생각이 바람에 날린다.

종교가 있거나 없거나 아무래도 상관없다. 우리는 조금 더 높은 곳에 올라서 조금 더 솔직히 자신의 진심을 저 언덕 교회 십자가에 걸어둘 수 있으니 다행이다. 신은 어디에나 존재하지만 사람들은 자주 길을 잃을 때 무의식적으로 높은 곳을 보게 된다. 그래서 이렇게 높은 곳까지 올라와서 그냥 잠시 말을 잃어도, 장황한 마음을 무수한 언어로 표현해도 모두 이해 받을 것이다.

저 아래에서 우리가 다소 험한 마음으로 살았다 하더라도 하늘과 닿은 이곳에서 오늘 모두 날려버리길 바란다. 세상에 다시 없을 풍경 속에서 그래보길 바란다. 어쩌면 당신의 마음을 걸어둘 단 한 곳인 이곳에서.

꿈이면 어떤가? 꿈처럼 살 수만은 없는 세상에서 가끔 꿈같은 일이 일어난다는 것을 나는 믿는다. 산타클로스를 믿는 아이처럼.

오늘도 숙소에 다른 여행자는 보이지 않는다. 수첩에 '크리스마스엔 그루지야 여행 금지'라고 썼다가 '크리스마스엔 여행 금지'라고 고쳐 썼다.

크리스마스이브. 그래서 어제보다 1라리 비싼 와인을 한 병 샀다. 아래층 거실의 새소리만 캐럴처럼 들리는 밤. 거룩한지는 모르겠으나 고요한 밤이다. 와인이 거의 바닥을 드러냈을 때 누군가 둔탁하게 방문을 두드렸다. 내가 그루지야라고 말하면, 조지아라고 발음하던 주인을 닮은 젊은 여자였다.

"코리아?"

나는 고개를 끄덕였다.

"텔레폰~."

무슨 말일까? 전화가 왔다는 소리일 것이나 누가 내게 전화를 한단 말인가? 그루지야엔 아는 사람이 없는데 말이다. 와인에 취한 것 같지는 않은데, 분명 그 짧은 한마디는 나를 취하게 했다. 이 숙소에 여행자는 나 혼자였으므로 전화를 받으라는 젊은 여자의 뒤를 쫓아 황급히 아래층으로 내려갔다. 키 작은 크리스마스트리가 반짝이는 나무 계단에 앉아 전화를 받았다. 크리스마스트리에 장식된 전구가 깜빡일 때마다 거실은 초록빛으로 번졌다가 붉게 물들기를 반복했다. 마치 동화의 세계로 들어가는 신호등 같았다. 아득한 저편에서 크리스마스 잘 보내라는 카드처럼 납작한 목소리가 환하게 펼쳐졌다.

"거기 있을 줄 알았어요! 건강하지요?"

모든게 거짓말 같았지만 익숙한 목소리 덕분에 사실이라는 것을 알았다.

"제가 그 주인 잘 알지요! 잘해드리라고 부탁했어요. 아무래도 한번쯤, 러시아어로 부탁하는 것이 효과적이지요."

먼 거리의 잡음이 포함된 따뜻한 마음. 갑자기 마음이 두둑해졌다. 러시아어로 어떤 부탁을 했는지 묻지 않았지만 상관없었다.

"여기는 이제 자정이 지났으니 크리스마스예요. 메리 크리스마스!"

누군가 나에게 크리스마스를 잘 보내라고 말한 적이 언제였을까? 그리고 이 먼 이국땅의 전화기 속에서 메리 크리스마스라는 말을 듣는다는 것이 가능한 일일까? 눈가가 뜨거워져 빨리 끊은 것을 후회한다. 명랑한 목소리로 잘 지낸다고 말하지 못한 것을 후회한다. 너도 즐거운 크리스마스 보내라고 말하지 못한 것 또한 후회한다. 산타의 목소리는 분명 아니었다. 늘 열심히 여행하듯 사는 쾌활한 후배의 목소리였다. 꿈이 아니다.

밤 아홉 시. 이제 세 시간만 있으면 여기도 크리스마스다. 크리스마스에는 간혹 기적이 일어나기도 한다. 너에게도 부디, 크리스마스의 기적이. 메리 크리스마스.

바쿠리아니*Bakuriani*의 설산이 가장 빛나고 있던 시간이었다. 썰매 위에 아이를 태우고 장을 보러 가는 아주머니, 언덕 위에서 눈썰매를 타는 아이들. 이 모두가 나의 마음속에는 없던 새로운 풍경이었다. 낯선 그들에게 다가가 아름다워요, 라고 말하고 싶었다. 마을 사람들은 흔한 풍경이라 그런지 먼 산 보듯 하는데 나만 스쳐 지나가기 아쉽다는 생각이 들던 시간이었다.

기차 출발 시간이 다가오는 오후. 산꼭대기에 펼쳐진 그림 같은 시간을 나는 마음속에 그려보려고 노력하고 있었다. 흔하지 않으리라, 이런 소박한 아름다움은. 내 기억력이 다하는 날까지 자주 나는 이곳 풍경을 떠올리며 스스로 평화로워질 것을 믿는다. 어느 날 또 이보다 더한 아름다움을 만날 때까지 나는 이 작은 겨울 마을을 사랑해보리라. 저기 보이는 작은 기차역. 마치 이곳 풍경과 점점 멀어질 시간을 예고하는 표지판 같다.

방금 도착한 종착역의 기차 안은 방금 내린 사람들의 열기가 아직 그대로 남아 있었다. 닭 울음소리 같은 기적이 서너 차례 더 울리고 사람들이 서너 명 더 채워졌다. 이곳 사람들은 이 작은 기차를 꾸꾸시카라고 불렀다. 닭 울음소리를 내며 달린다고 그렇게 귀여운 이름을 붙였다. 생전 처음 들어보지만 늘 익숙했던 소리처럼 정겨운 출발음.

그가 내게 손을 내밀어 인사를 청했다. 나보다 더 여윈 손이었고 차가웠던 듯했다. 정리하지 못한 수염은 젊음의 상징으로 보였고 깊은 눈매가

착하고 순해 보였다. 사람들은 모두 제각각 자리 한 칸씩을 차지하고 그림 같은 창밖을 주시했다. 빈 자리가 많았지만 그는 내 앞자리로 와서 앉았다. 마치 할 말이 있는 것처럼. 그가 맞은편에 앉아 기차가 움직일 때까지 계속 나를 주시하고 있다. 약간은 부담스럽기도 했고 그보다 궁금하기도 했다. 어떤 말을 찾고 있을까? 저 젊은 친구는.

그가 입을 열었다. 공손하게 오른손을 자기 가슴에 대며 짧게 이름을 말했다. 나도 그와 같이 나를 가리키며 나의 이름을 몇 번인가 말했지만 그는 잘 알아듣지 못했다. 그래서 끝내 "MO"라고 간단하게 이름의 마지막 글자를 말해주었다. 나는 한국에서 왔노라고 지금은 여행 중이며 곧 그루지야를 떠날 것이라고 알아듣지도 못할 설명을 덧붙였다. 그리고 다시 우리는 말이 없었다. 그는 영어를 하지 못했고 나는 그루지야어를 하지 못했기 때문에. 그가 아는 영어 단어는 열 개쯤 되는 듯했고 내가 아는 그루지야어는 그보다 부족한 숫자였다. 소통할 완전한 문장이라고는 둘 다 한 문장도 모른 채 서로 마주 보며 앉았다.

기차가 움직이기 시작하자 그는 자신의 휴대전화를 꺼내어 근황을 설명하려 했다. 그 속에 등장한 인물들은 모두 낯설었지만 그는 그것을 보여주며 미소 짓는 그의 모습은 왠지 모르게 친근했다. 그리고 행복해 보였다.

두 번째 간이역에 도착했을 때 우리는 밖으로 나와 하얀 눈을 밟고 말

없이 담배를 나눠 피웠다. 할 말을 하지 못하고 자꾸 웃기만 하는 젊은 남자. 눈가의 싱싱한 젊은 주름, 반듯한 어깨에 내려앉은 친절. 그 선한 웃음이 애처로워 보이기까지 했다.

기차는 한참을 떠나지 않고 추위 속에서 허연 김을 뿜었다. 기차 주변을 돌며 사진을 찍는데 창가의 그 남자가 다시 웃는다. 인사를 건넨 후할 수 있는 표현이라고는 웃음 밖에 없던 남자. 카메라 파인더 속에 비친그는 창문에 뭔가를 적고 있었다. 짧고 간단하게 전달했던 내 이름이었다. 나는 창밖에 서서 담배 연기처럼 희미하게 웃어주었고 그는 차가운창에 머리를 기대고 한참 동안 먼 곳을 바라보았다. 하얗게 서리 낀 창문에서 나의 이름이 흘러내리고 있었다.

기차가 다시 움직이고 해는 많이 낮아졌다. 짧은 거리라 생각했지만종착역은 쉽게 나타나지 않았다. 새하얀 눈을 입고 선 철로 가의 나무들은 기차가 달릴 때마다 다시 눈을 내려주곤 했다. 누군가가 축복의 은빛가루를 뿌려주는 것 같았다. 아름다운 시간이었다. 그것만으로도 절대로 외롭지 않은 풍경이었다. 중간 중간 사람들이 작은 간이역에서 내리고 객실 안에는 대여섯 명이 남았다.

놀이 기구를 탄 듯 덜컹거리는 기차 안에서 창밖으로 손을 뻗어 날아가는 은빛 가루들을 잡아본다. 분명히 잡았는데 손을 펴보니 눈물밖에없는 차가운 오후의 시간. 너무 아름다운 것들은 때로 슬프기도 할 것이다. 그리고 절대로 잡을 수 없는 것일지도 모른다.

누군가가 내 어깨에 손을 올렸다. 그 남자였다. 덜컹거리는 소음 사이로 그는 내 뒤에서 귓속말을 전했고 말보다 큰 행동으로 다음 역에서 내릴 거라고 말했다. 그리고 또 착하게 웃었다. 나도 눈물 같은 은빛 가루를 허리춤에 닦아내고 마지막 악수를 청했다.

"I love you." 그의 말에 나는 아무 말도 하지 못했다. 무슨 의미일까? 내가 잘못 들은 걸까? 그가 잘못 표현한 걸까? 그는 분명 그렇게 말했다. 묵직한 저음이 덜컹거리는 선로에 깔리는 듯했다.

주춤, 나는 잠시 나를 의심하고 잠깐 그를 의심했다. 그렇게 아름다운 말을 듣고서도 말이다. 아무래도 나는 사랑이라는 단어에 익숙하지 않았다. 잘못된 이해는 오해를 만든다.

"나는 당신을 사랑합니다." 우리가 살면서 수천 번 생각하는 문장이지만 나는 그 말을 그리 많이 사용하지 못했다. 그 흔한 말을 나는 자주 들을 수 없었고 자주 할 수 없었기 때문에.

나는 잘못 듣지 않았고 그는 잘못 말하지 않았다. 잘못 표현했거나 잘못 해석할 수는 있지만 상관없었다. 실수라도 그 말은 아름다운 말이다. 처음 본 사람에게 친절히 다가와서 하는 말. "나는 당신을 사랑합니다." 그 한마디에 모든 것이 담겨 있다.

그가 내린 곳은 건물도 없는 어느 산중턱이었다. 그를 따라 내린 두어

명이 하얀 나무들 사이 비탈길로 사라졌고 그는 맨 마지막까지 남아서
나에게 손을 흔들었다. 기차는 다시 은빛 가루를 날리며 그와 멀어지고
있었다.

　그대, 사랑하시오. 당신이 사랑한다면 사랑하시오.
　그렇게 하시오. 당신은 누구라도 사랑할 수 있는 그런 사람이오.
　다만, 그대가 사랑하는 것이 그대를 사랑해주기 바라지 않고도 지금
처럼 사랑할 수 있다면, 그럴 수 있다면 사랑하시오.
　하지만 사랑한다는 것이, 사랑이라는 것이 그리 오래도록 당신 곁에

머무는 것은 아니라오.

그러니 때로는 당신 마음이 그렇다 할지라도 한 번쯤 그 마음을, 그 말을 비밀로 묻어두는 것도 좋을 일이오.

그대, 언젠가 그대도 꼭 그대 같은 아름다운 마음씨를 가진 이에게 사랑한다는 말을 들을 수 있는 날이 올 것이오.

기차가 막 어두워지기 시작하는 시간 보르조미역에 도착했다. 그 기차역에 서 있는 사람은 나 혼자뿐이었다. 아무도 없는 간이역에 홀로 서서 잠시 그 아름다웠던 설경을 생각해본다. 검은 밤, 새하얀 추억, 세상은 여전히 아름다운 것이다. 다시 기억처럼 하얀 눈이 선로 위에 내리기 시작했다.

불염거不染居, 붉은 후지산을 그린 가츠시카 호쿠사이의 호를 가만히 떠올려본다. '있는 곳에 물들지 않는다'는 그 뜻을 그는 어떤 이유로 품으려 했을까?

한 해가 며칠 남지 않은 오후. 컴컴한 숙소에 스스로를 가두고 온종일 침대에서 내려오지 못하고 있었다. 칼바람에 떨던 창문에 호쿠사이의 민화 속에서 출렁거리던 격렬한 파도 문양이 요동친다. 덩달아 내 마음도 요동친다. 그루지야로 넘어온 지 꽤 여러 날이 지난 것 같은데 도통 아이디어가 없다. 이곳 트빌리시의 익숙한 숙소를 베이스캠프 삼아 동분서주했지만 결국 제자리.

아직 오후의 해가 넘어가려면 시간은 충분했다. 이제 그만 털고 일어나야겠다는 생각이 들었다. 그리고 조금 마음이 급해졌다. 아무래도 컴컴한 숙소에서 홀로 한 해를 떠나보내기에는 지난 일 년이 우울하게 마무리될 것만 같았기 때문에.

"잠시 여행 다녀올게요!"

그렇게 말하자 주인은 무슨 말이냐고 되물었다. 며칠 있으면 올해의 마지막 날이니 나는 나를 위해 여행을 가겠다고 다시 말했다. 역시 이해하지 못한 것 같은 표정을 짓던 주인에게 가방을 보이며 곧 돌아올 테니 걱정하지 말라는 말을 남겼다. 모든 것이 간단했다. 특별하게 인사할 것도 없고 뭔가 정리할 대단한 것도 없었기 때문에.

새삼스레 아무 풍경이나 보고 싶어서였다. 어제와 같은 풍경이고 변하지 않는 온도일 테지만 나는 스스로 새로운 마음이 될 필요가 있었다.

여행 속에서 다시 여행을 시작하겠다는 생각을 하고 나니 기분이 좀 나아졌다. 떠나올 때 가지고 왔던 커다란 배낭과 코알라 새끼처럼 가슴에 매달고 다니던 짐을 모두 두고, MP3 플레이어와 카메라와 지폐 몇 장을 챙겼다. 혹시라도 큰 배낭을 챙겨 가면 혹시라도 다시 돌아오지 못하게 될까봐. 떠난다는 의미보다 다녀온다는 의미가 중요했으므로.

며칠간 작은 버스를 타고 이리저리 맘 내키는 대로 갔다가 말없이 다시 돌아올 것이다. 그 사이에 해는 바뀌어 있을 것이고 옆방에 새로운 여행자가 인사를 하게 되겠지만 그다지 달라지지 않을 내 자신을 예상한다. 오늘과 같은 매서운 겨울이 계속 이어질 것이고 비슷한 종류의 식사를 하게 될 것이다.

여행에서 다시 여행을 만나는 일. 그것은 꼭 해볼 필요가 있는 일이다. 여행이 길어지니 여행 중에도 일상과 같은 기복이 자주 생겼다. 오랜 여행으로 자꾸만 경계가 허물어지고 있었다. 간혹 내가 왜 이곳에 남겨졌는지, 왜 떠나왔는지, 이유를 모르고 답이 없는 답답함 속에 파묻혀 지낼 때가 많았다. 마치 시간만 지나기를 기다리는 사람처럼.

그것은 떠나와서 떠나지 않으려는 마음. 이해가 잘 안되지만 낯선 곳에서 잠시 편해져 내일에 대한 기약이 없어진다는 것. 늘 한곳에 정붙이지 못한 마음이 버릇처럼 외로워져 정작 떠나와서는 자주 떠나지 못함이 밉고 아쉽다.

그 마음을 안고 나는 잠시 낯선 곳에서 더욱 낯선 마음이 되어 새로이 떠오르는 한 해의 태양을 바라볼 것이다. 다시 뜨거워진 마음을 안고 걸을 것이다.

불염거, 너에게 물들지 않고 그리하여 내가 나에게 물들지 않기를.

1월 7일. 코카서스 지역의 크리스마스 날이다. 그리고 나는 아르메니아로 가기 위해 늦은 기차를 탔다. 전날 예매 창구에서 직원이 제시한 세 종류의 기차 요금 중 제일 싼 이등칸을 선택했다. 등급은 달라도 어차피 같은 시간에 도착하니까. 기차는 조금도 늦지 않고 정시가 되어 깊은 어둠속으로 밀려들어갔다.

내가 탄 이등칸에는 나를 포함해 네 명의 승객이 전부였다. 조명이 어두워 마이너스 시력을 가진 자의 동굴 탐험처럼 답답했지만 그때까지 불만은 없었다. 경비 절약 차원에서 이등칸을 선택한 것도 있지만, 어딜 가나 기차 구조가 크게 다르지 않을 거라 생각했다. 하지만 착각이었다. 기차가 출발해도 이등칸에는 난방이 되지 않았다. 그리고 기차는 자주 이유 없이 가다 서기를 반복했고, 어쩔 때는 지팡이를 놓친 장님처럼 움직이지도 않다가, 겨우 몇 분 쯤 가다 다시 서기를 반복했다. 그럴 때마다 텅 빈 이등칸에는 찬바람이 채워졌다. 찬바람만이 만원인 국경으로 가는 열차. 그 깊은 밤, 벌서는 아이처럼 곧은 자세로 바라보는 창밖은 흐린 날의 별빛처럼 인적마저 드물었다.

밤은 점점 깊어 자정이 되었을 때 아르메니아의 국경에서 비자 수속이 시작되었다. 서류 작성이 끝나고 출국 도장을 받기 위해 경찰관을 따라 일등 칸으로 들어섰을 때 나는 깜짝 놀랐다. 자면서 더위에 몸을 뒤척이며 담요를 걷어차는 사람들이 보였다. 아예 외투는 걸어두고 소매까지 걷어붙인 채 한밤의 야식을 즐기는 사람도 있었다. 아니 오천 원도 안 되는 가격 차이에 어찌 이렇게 딴 세상이란 말이냐. 이십 일짜리 비자를 단돈 십 달러에 받고 기분 좋게 되돌아오는데 이등칸으로는 도무지 들어가고 싶지 않았다. 오로지 나의 자리만 걱정하며 달리던 시간처럼 움직이는 그 기차에 또 다른 세상이 있다는 것을 잠시 잊고 있었다. 그 광경을 본 후 이등칸은 더 춥게만 느껴졌다.

다시 기차가 움직이고 두 시간쯤 지나자 함께 탔던 사람 중, 두 명이 아르메니아 북쪽 어느 마을에 내렸다. 이제 기차 안에는 두꺼운 겨울 외투를 깔고 누운 할아버지와 나, 단둘뿐이었다. 새벽으로 달려갈수록 기차 안은 점점 차가운 냉동고로 변했다. 항공사에서 가져온 담요를 깔아 바닥의 냉기를 막았다. 애써 잠을 청해보려는데 도무지 잠이 안 온다. 마치 저온 숙성 냉장실에서 말라가는 육포가 된 느낌이다. 현지인이 이등칸을 타지 않는 이유를 알 것 같던 아침. 예레반^{Yerevan}역 근처에 있는, 여행자들에게 다소 유명한 숙소를 찾았다.

컴컴한 하늘 사이로 눈이 내린다. 하늘보다 컴컴한 낯선 대문을 밀고 들어선 숙소. 삼천 원짜리 숙소의 주인은 이른 새벽이지만 성가신 얼굴 없이 반갑게 맞아주었다. 그런데 냉동실 같은 기차에서 내려서 숙소로 들어왔지만 전혀 따뜻한 느낌이 들지 않았다. 내 몸에 이상이 있거나 처음이라 낯설어 그런가보다 했지만, 배정 받은 침대 옆자리를 보고 알았

다. 침대 위에는 사람 대신 천장에서 떨어지는 눈 녹은 물을 받기 위해 대야 두 개가 놓여 있었다. 그리고 대야에는 살얼음이 끼어 있었다. 아, 정말이지 좀 난감하다. 한숨도 못 잔 이유로 이불을 머리끝까지 올리고 누웠다.

입김이 나오는 방 안에서 문득 두렵기도 했다. 어쩌면 평생 이렇게 춥게 지낼 수도 있겠다는 생각이 들었다. 여행자들은 다 돌아가고 텅 빈 숙소에 나 홀로 몸을 누인 밤. 서늘한 공기에 눈뜨는 새벽은 자주 찾아오지만 절대로 면역되지 않는다. 오래도록 길 위에 남기 위해 무엇보다 검소함을 우선으로 해야 한다는 믿음에 금이 가는 새벽이었다.

방 안에서는 담배를 피우지 말라던 주인은 해가 진 이후로 보질 못했다. 검고 차가운 숙소는 지구의 표면에 뚫린 검은 입 같다. 외투를 꺼내 입고 다시 침대에 누워 담배를 하나 물었다. 길게 뿜은 하얀 연기 속에 짧은 꿈들이 잠시 피어오른다. 내게 따뜻했던 모든 것들과 그것들이 갑자기 날카로운 얼음처럼 변한 순간들까지도.

그들은 왜 내게 따뜻했으며, 왜 갑자기 차가워졌을까? 그리고 아직도 따뜻한 채로 내 가슴에 살고 있는 사람들은 또 얼마나 오래도록 그 온기를 유지할까. 모두가 내 안에서 일어나는 일일 것이라 생각하니 갑자기 미간에 커다란 얼음 알갱이가 하나 떨어지는 듯하다.

어쩌면 내 인생의 가장 길고 시린 새벽을 지나고 있는 중이라 생각하
니 발끝이 조금은 따뜻해지는 듯하다. 그동안 너무나 따뜻하게만 살았
는지도 모를 일이다.

바라건대 새벽 없이 아침을 맞이하고 싶다. 수렁 같은 깊은 잠을 잤다
가 다시 눈을 뜨면 다른 세상에서 꿈꾸듯 평온한 아침 인사를 하고 싶
다. 다시 눈을 감으니 눈꺼풀 위로 미세한 먼지 같은 얼음 알갱이가 내려
앉는 듯하다. 오늘 어쩌면 눈이 내릴지도 모르겠다.

#1 아르메니아에 와서 처음 보는 태양
이다. 물론 저물녘에 잠깐씩 비추기도 했기만, 돈 떼먹고 달아난 사람의
출현처럼 급작스럽거나, 그나마 올려다보면 이내 사라지고 마는 그런 감
질나는 태양이 전부였다. 아침에 일어나니 태양이 제법 반질거린다. 늦
은 아침이지만 코비랍 교회를 가기 위해 길을 나섰다. 교회를 보러 간다
기보다 5,165미터 높이의 거대한 아라랏산을 보기 위해서라고 해도 좋
겠다.

덜컹거리는 작은 버스가 내려준 곳은 허허벌판에 뻗어 있는 잘생긴 도
로변. 이 도로는 아르메니아의 끝을 알리고 있었고 철책 건너편에 터키
국경이 있었다.

국경 위로 피어나는 하얀 겨울 안개. 안개는 무엇으로도 가둘 수가 없
었다. 자유로운 안개 뒤로 아라랏산이 묵직하게 앉아 있었다. 안개 뒤로
펼쳐진 거대한 산은 마치 공중부양이라도 한 듯 보였다. 저대로 하늘로
올라간다면 언젠가 영화에서 봤던, 지구 가까이 내려온 어느 행성처럼
여겨질 수도 있겠다. 거대하다. 옆에 붙어 있어야 할 작은 아아랏산은 여
전히 안개 속에서 기지개를 펴지 못하고 가려져 있다. 아, 지금이 겨울이
아니라면 얼마나 더 거대할 것이며, 또 얼마나 선명한 모습으로 나를 반
기겠는가?

세상의 모든 중요한 것은 다 가려져 있고, 확신으로 가득 찬 것은 과거

밖에 없지만 나는 분명 거대한 설산을 바로 눈앞에 두고 있는 것이다.

오늘처럼 맑은 겨울날, 내가 처음 본 아르메니아의 태양. 그래도 그 모습은 쉽게 볼 수 없다. 멀리서 멀리서 지켜만 보다가 코비랍 교회에 오르니 조금 더 가깝게 느껴졌지만 달라진 것은 없다. 그냥 현실이 아니라고 인정하는 수밖에. 교회 담벼락에 붙은 각 나라 언어의 점자판들. 앞이 보이지 않는 사람들을 위해 손끝으로 그것을 보라고 야무지게 박혀 있다. 볼 수 있다는 것은 얼마나 다행인가? 내가 인정할 수 있는 것은 늘 분명하고 선명한 것밖에 없었지만 때로는 그렇지 않더라도 믿어야 하는 것이 있다. 당신이 바라는 것이 내 손안에 있지 않지만, 당신이 원하는 것이 내 눈앞에 있지 않지만 우리는 그것을 한번 믿어봄으로써 보이지 않는 존재도 때로는 인정해야 한다.

언젠가 다시 맑은 어느 계절에 이곳을 오게 된다면 그때 나는 저 산을 보고 또 어떤 마음이 될까? 네가 존재한다는 이유로 오늘까지 튼튼한 여행자가 되었던 것처럼 이쯤에서 만족한다.

어느 날, 너를 코앞에 두고서도 반가워하지 못할지도 모르니, 네가 다시 선명해지기 전에 어쩌면 나는 너를 잊어야 한다. 그런 믿음이 내 안에도 있다고 믿는다.

저 산이 보이지 않는 것은 날씨의 문제가 아니라 계절의 문제였다. 교회 앞에서 비둘기를 파는 중년의 신사가 비둘기를 날려보라고 권했다.

소원을 실어 비둘기를 날려 보내라는 뜻일 게다. 나는 오늘 저 산을 보는 것 이외에 별다른 소원이 없으니 그냥 가야 할 것이다. 담배를 나누어 피우던 비둘기 주인은 길게 담배 연기를 뿜으며 말했다. "저 산은 겨울에는 볼 수가 없어요." 비둘기를 사지 않길 잘했다고 속으로 생각했다. 역시 여행에서는 바라고 소원하는 일보다 그냥 믿고 기다려야 할 일이다. 때로는 사랑처럼.

#2 커다란 설산과 교회를 등에 지고 불편한 걸음걸이를 조심스레 옮기는데 하얀 눈밭에 누워 움직이지 않는 사람이 있었다. 분명 사람이었다. 순간 무서운 생각이 제일 먼저 들었을 것이나 이렇게 황량하고 외진 벌판에 사람일 리가 없다고 스스로 생각을 거부하기도 했다. 가까이 다가가서 확인을 해야 할 것인가? 아무도 본 사람 없으니 나도 못 본 것으로 하고 발걸음을 옮기면 그뿐이라는 생각도 잠시 했다. 그는 죽은 것일까? 아무도 없는 추운 겨울 눈밭에서 죽은 것일까? 미동도 없다. 가까이 가봐도 입김이 없다.

적어도 칠순은 되어 보이는 할아버지였다. 얼굴이 작고 몸도 작은 그가 검은 외투를 입고 작게 웅크리고 있었다. 아무리 외투를 입었다 할지라도 여기는 아르메니아와 터키의 국경지대 눈밭이다. 그는 죽은 것일까?

"이것 보세요! 일어나봐요!" 그렇게 그를 흔들었던 것은 분명 움직이지 않았지만 아직 그가 살아 있다는 것을 직감했기 때문이었다. 긴장된 마음으로 그에게 바짝 다가갔을 때 선홍색의 낯빛을 보았다. 하얀 눈을 베고 잠든 그는 황망한 죽음의 강을 건너고 있었는지도 모를 일이다. 작은 체구가 어찌 이리 무겁단 말인가? 그는 마치 무거운 대리석으로 변한 몸을 남겨두고 새하얀 어떤 곳으로 옮겨갔는지 모른다. 아무리 흔들어도 반응 없는 그 늙은 몸뚱이가 무서워지기 시작했다.

최대한 달리고 달렸는데도 사람들은 보이지 않는다. 국경지대 마을의 한적함을 이상하게 생각할 것은 없지만 그래도 사람이 사는 곳 아닌가? 페인트도 칠하지 않은 담벼락 중간에 붉은 철문이 열려 있다. 나는 그제서야 길게 호흡했다. 그리고 대문을 두드렸다. 오후의 수다를 즐기던 큰 몸집을 가진 두 아주머니가 놀란 눈으로 다가왔다. 나의 다급한 표정 때문일 거라 생각했지만 아주머니들은 발목까지 진흙 범벅이 된 내 신발에서 눈을 떼지 못했다. 급한 마음에 어떤 언어도 찾지 못했다. "아주머니 말고 아저씨는 없어요? 저기 눈밭에 사람이 누워 있어요."

올림픽경기장보다 넓게 펼쳐진 눈밭 가장자리에 검은 물체가 떨어진 점수판처럼 그대로 웅크리고 있었다. 아주머니는 어이없다는 표정으로 할아버지의 어깨를 신고 있던 보라색 슬리퍼로 툭툭 건드렸다. 그리고 다른 아주머니는 할아버지의 뺨을 여러 차례 때리기도 하고, 발로 굴리듯 밀어보기도 했다. 아주머니는 나에게 별일 아니라는 표정을 지었다.

아니, 사람이 이렇게 눈밭에서 얼어 죽어가고 있는데 별일 아니라니. 나
는 안 되겠다 싶어서 무릎을 꿇고 할아버지를 업혀 달라는 시늉을 했지
만 검은 장화를 신은 아주머니는 상관하지 말라고 했다. '이 영감, 매일
술로 사는 사람이야! 자주 이런 곳에서 발견되지.' 그런 의미 같았다. 그
러고는 아주머니들은 세차게 등을 돌렸다.

　복잡한 마음이 눈보라 휘날리듯 어지럽다. 고작 내 한 몸 잘 지키는 것
도 힘든 심성으로 태어나 타인의 삶에 깊게 개입하여 본 적이 별로 없었
으므로 가능한 한, 가능할 것 같지 않은 일은 하지 않았다. 막차 시간이
얼마 남지 않았다. 다시 죽을힘을 다해 뛰어가면 조금 여유롭게 버스를
타겠지만, 그렇다고 허연 눈밭에 할아버지를 홀로 둔다는 것이 말이 되
는가? 나는 다시 질끈 눈을 감고 뛴다. 허연 눈밭을 달린다. 저 멀리 지
나가는 파란색 낡은 자동차를 향해 달린다.

　세상에서 만나게 되는 어떤 일들은 절대로 나의 의지와 상관없이 돌아
가기도 하지만 그래도 내가 원한다면 어떤 식으로든 해결되고야 만다.

　나는 파란색 자동차를 향해 열심히 뛴다. 평생 남을 후회는 만들지 말
아야 하므로.

누군가 나의 귀를 파주거나, 손톱을 깎아준다거나, 머리카락을 살며시 넘겨준다면, 나는 모든 것을 포기하는 심정이 되어버리지. 만약에 무릎이라도 내어준다면, 하루쯤 내 영혼을 팔기라도 하겠다.

이란과 아제르바이잔의 경계 아스타라^{Astara}. 이곳은 반가움과 아쉬움이 항상 머무는 자리다. 어떤 이들은 아제르바이잔에서 이곳 이란으로 넘어오고 어떤 이들은 이곳에서 아제르바이잔으로 넘어가기 위해 온다. 꼭 그렇지 않더라도 철조망을 사이에 두고 서로의 영역을 지키며 착하게 살아가는 사람들. 술렁거리며 이별하거나 만나게 되는 많은 감정들이 묻어 있는 바닷가의 작은 마을.

내가 이곳에 온 이유는 그저 경쾌한 발음의 마을 이름에 끌렸거나, 늘 지도에서만 봐오던 그 막막한 바다, 카스피 해를 보기 위해서다. 그 이유만으로 왠지 흐뭇한 마음이 되어 이곳으로 오기에 충분했다.

오늘, 투르크메니스탄 쪽으로 펼쳐진 카스피 해가 잔잔하다. 갇혀 있는 이 호수 같은 바다에서 풀려난 것은 오로지 바람뿐이었다. 칼바람을 몰고 다니던 호수 표면은, 방금 목욕을 끝내고 거실로 들어선 것처럼 기분 좋을 만큼 오들오들 떨고 있다. 차마 창문을 열지 못하고 바라보는 풍경이 이별 뒤 시간처럼 고요하다. 이렇게 안전한 거실에서 겨울 바다를 바라본다는 것은 약간 비겁하기도 하지만 잘 만들어진 요새에서 적의 동태를 살피듯 흥미롭기도 했다. 다만 혼자서 이런 안락함에 빠져드는 일은 곧 쓸쓸함을 불러내는 이유가 되기도 하는 것이다.

주인이 집을 비운 조용한 거실에서 아무도 없는 줄은 알지만 누군가 나를 부를 것 같아 귀는 풍경 반대편으로 열려 있다. 무엇인가 그리워지거나 궁금해질 때면 이렇게 움직이지 않고 조용히 앉아 발끝을 만지는 버릇. 그 누군가가 툭 하고 건드려주기를 바라는 마음. 그렇게 깨지는 평화로 인해서 온화해지는 느낌은 통증에서 풀려나는 듯한 느낌과 비슷하다.

나는 또 오랜만에 바다를 마주하고 섰다. 그리고 눈을 감았다. 깊은 숨을 들이쉰다. 카스피 해를 달려온 바람이 가슴 깊이 들어왔다가 눈동자를 간질인다. 감은 눈꺼풀 밖으로 펼쳐진 풍경은 오후다. 붉은 오후 혹은 이른 저녁. 나는 다시 무엇인가가 진하게 그리워졌다.

누군가의 부드러운 무릎을 베고 그 끝에 걸려 있는 카스피 해를 바라본다. 가느다란 손가락이 나의 머리카락 사이를 돌아다니는 소리를 들었을 때에 마치 봄이 된 것 같았다. 간혹, 손톱 끝에 걸리는 머리카락의 소리, 갑자기 기억 어딘가에서 아지랑이가 피어오르고 손끝이 가만히 저려오던 오후. 때 묻은 손톱을 정갈하게 깎아주고 웃던 그 얼굴, 다시는 보지 못할 낯선 그 얼굴, 오래 쳐다보지 못한 것은 잘한 일이다.

　단지, 몸이 기억하고 있는 일은 두고두고 슬픈 일이 될지도 모르는 일이다. 오래오래 나누던 우리의 서로 다른 언어. 그 언어들은 카스피 해의 물결처럼 잔잔한 것이었는지 모른다. 우리는 무슨 말을 했을까? 아무런 기억도 남지 않았지만 어느 정도 데워진 가슴은 자꾸만 빈 침대를 바라보게 한다. 바다와 나란히 쳐 있던 철조망을 따라 국경 쪽으로 사라지던 뒷모습. 다시없을 그 풍경. 그리고 이제 없다.

　그런 날이었다. 아주 짧았지만 정말 긴 행복. 어쩌면 행복은 짧은 것이 아니라는 것을 처음 알게 해준 시간. 꿈은 아닌데 꿈같은 날. 봄은 아닌데 나른한 봄 같은 겨울 오후.

　누군가 자신의 무릎을 내어주고서 나의 귀를 만져주거나 손톱을 깎아준다거나 머리카락을 살며시 넘겨준다면 그것이 처음 보는 낯선 손길이라도 난 상관없었다. 그것은 진심이 아니면 절대로 할 수 없는 일이니. 진심을 느낀다는 것은 대부분의 것을 다 가진 것이니. 난 아직도 그렇게 믿는다. 비록 잠시 동안이었다 할지라도.

이제 나도 이곳을 떠나야겠다. 더 이상은 일렁이지도 않는 잔잔한 바다에 다시 뜨거운 바람이 불기를 바라지 말고 필연인 듯 우연 하나 가슴에 안고 돌아서야겠다. 나도 그렇게 반대편으로 사라져야겠다.

붙잡지 못하고 떠나보낸 진심이 아직도 남았다.

머리카락 사이에, 귓속에, 손끝에.

아스타라……

아스타라……

담배 연기 섞인 그 단어, 다시는 오지 않을 모든 것이 아스라이 떠나가고 있는 느낌이었다.

옛날에 시골 사는 사람이 서울역에 내려 처음 보는 높은 빌딩을 한참 구경하고 있는데 서울 사람이 다가와 말했다. "서울에서는 빌딩을 한 층 쳐다보는데 백 원씩 내야 합니다. 지금 몇 층까지 봤죠?" 그러자 시골 사람이 말했다. "난 방금 도착해서 이제 겨우 삼 층까지밖에 보지 못했소." 3백 원을 내고 돌아서면서 시골 사람은 속으로 생각했다. '서울 사람들은 바보구나. 난 맨꼭대기까지 다 봤는데…….'

속아도 속은 줄 모르고 살면 그것으로 된 것이다. 따지고 보면 누가 누구를 속이면서 사는 세상인지도 모르는 일이 허다하니까.

작은 버스에서 내려 처음 이곳을 올려다봤을 때 나는 촌놈 같은 생각이 들었다. 야! 이곳은 꼭 주상복합 빌딩 같구나. 난생 처음 신기한 건물을 보듯 한참을 보고서야 숙소를 찾아 마을로 들어갈 수 있었다. 양지바른 산자락에 다닥다닥 붙은 자그마한 집들은 마치 하나의 커다란 아파트처럼 보이기도 했다. 층층이 쌓인 집. 산 아래에서 보니 한 이십 층은 되어 보였다. 높은 산자락에 누군가 나무토막을 쌓아놓은 것 같기도 하고 어린아이들이 블록 쌓기를 한 것도 같다. 만약 내가 늦은 밤에 도착해 이곳에서 빛나는 불빛만 봤다면 영락없이 거대한 주상복합 빌딩을 마주한 것 같았을 것이다.

엘리베이터는 없지만 그보다 작은 통로 사이로 사람들이 오고 갔다. 주차장은 없었으나 주차장이 굳이 필요 없어 보였다. 나를 내려준 작은 버스도 마을 앞에 멈춰 서서 다음 사람들을 기다리고 있으니 말이다.

내가 누운 자리 밑으로 가스통을 짊어진 할아버지가 지나가고 몇 마리의 붉은 닭들이 알에서 막 깨어난 병아리들을 호위하며 지나간다. 머리 위에서 들려오는 동네 아이들의 발자국 소리. 아침에 해가 뜨면 하루 종일 그늘이 지지 않는 곳. 나의 지붕이 그들의 골목이 되고 그들이 내어준 지붕이 나의 앞마당이 된다. 겹겹이 쌓여 서로가 서로에게 없어서는 안 될 골목이 되고 마당이 되어 처음부터 한 몸인 채로 사는 동네, 마술레^{Masuleh}. 모두가 착한 사람, 의심할 수도 없는 마음을 가지고 의심 없이 살아간다. 내 것이 너의 것이 되기도 하고 너의 것이 내 것이 되기도 하는 곳. 각자의 영역은 있되 누구에게나 열려 있는 곳. 대문 없이 현관문만 있어도 이상하지 않던 곳.

이곳에 도착한 날, 내가 찾아갔던 숙소는 문을 닫았다. 겨울이라 여행자가 한 명도 없는 작은 마을에서 숙소를 운영하기 부담이었을 것이다. 마을 어귀에서 빵을 굽는 청년에게 잠잘 곳이 어디 없느냐고 물었다. 빵을 든 손으로 골목 깊숙한 곳을 가리켰다. 골목 위에는 지붕 위로 또 다른 골목이 펼쳐져 있다. 층층이 난 골목을 가리키며 위쪽인지 아래쪽인지 재차 물었더니 그냥 가면 된다고 했다. 어느 쪽으로 가더라도 결

국 만나게 되는 미로 같은 이상한 마을. 아름답게 얽혀 있는 신기한 시골 마을. 아름다운 것이 신기한 것이 아니라 신기한 것이 아름답기도 한 것이다.

다음 날, 빵을 사러 간 그곳에는 다른 사람이 빵을 굽고 있었다. 오늘은 청년이 쉬는 날이라 윗집 지붕 고치는 일을 하러 갔다고 말하며 막 화덕에서 구워낸 빵을 한 장 건넸다. 나는 뜨끈한 빵 한 장으로 손을 녹이며 발아래 펼쳐진 저녁 풍경을 보았다. 그리고 이런 곳에서 오래오래 지내고 싶다는 생각을 했다.

몇 해 전, 오랜 여행을 마치고 돌아간 나의 작은 아파트에는 아무도 없었다. 혼자 살던 집, 당연히 아무도 없어야 하고, 당연히 아무도 없을 줄 알았지만 말이다. 하지만 현관문을 열고 일 년 넘게 비운 공간을 대하는 일은 어찌 그리 어렵던지. 나만 빠져 나왔다가 일 년을 넘기고 다시 돌아간 그 공간은 버려진 공터 같기도 했다. 일 년 사이 거리 모습과 세상은 많이 변한 것 같은데 나의 공간은 그대로였다. 사람의 온기라고는 전혀 없으니 분명 도둑이라도 한번 다녀간 적이 없었을 것이다.

안전하게 잘 보존된 그 공간에 서운한 마음으로 짐을 내려놓고 문을 나서는 순간, 옆집 문이 같이 열렸다. 반가운 마음으로 인사를 했다. 필요 이상의 반가운 목소리로 인사하는 나를 보며 그분은 조금 놀란 눈치였다. 그랬을 것이다. 생각해보면 어차피 여행을 가도, 가지 않아도 우리는 일 년에 몇 번 마주치는 일이 없었으므로, 서로에게 아무런 부탁도 어떠한 간섭도 하지 않고 살았으므로. 당연히 놀랐을 수도 있을 것이다. 의아한 기분을 감추고 계단을 내려가던 그 모습에 이상한 기분이 느껴졌다. 누구의 탓도 아니다. 먼 길에서 돌아온 나는 반가운 마음이었으나 우리는 서로의 영역에 다가서는 안 된다. 그는 201호, 나는 202호라는 번호로 살아야 하므로. 복잡하게 돌아가는 일상의 이유로 나도 그것이 편했고, 대부분의 사람들에게도 그것이 편하므로.

　나는 어쩐지 오랜만에 이 작은 시골 마을에서 약간은 부러운 마음이 들기도 했다. 불편하고 위태롭게 얽혀 있는 이곳이 어떤 정다운 공동체 같은 느낌마저 들었다. 옆집 아이의 식사를 봐주고 아랫집 할머니의 이불을 같이 널며 안부를 전하는 모습. 아직도 이웃끼리 품앗이를 하고 마

당 위에 올라서서 아랫집을 향해 안부를 묻는 곳. 어쩌면 몇 십 년쯤 거슬러 내려온 기분이기도 하지만 분명 우리는 동시대를 살아가는 사람들이다. 자주 서로를 위로하고 걱정하는 이 작은 마을에서 지내는 것은 생각보다 덜 불편했다. 만약에 그들이 나의 숙소로 불쑥 찾아와 안부를 물어본다거나 간섭을 하면 여전히 익숙하지 않겠지만 말이다.

오후의 햇볕이 잔설을 녹이는 오후, 지붕 위로 조용한 발자국 소리가 들린다. 누군지 몰라도 삼삼오오 손을 잡고 나들이를 가겠지. 함부로 침범하지 않고 서로의 영역에서 타인의 마음이 되어 주위를 둘러볼 줄 아는 사람들. 내가 그럴 마음이 있고 남들도 그러하다는 것을 알고 사는 사람들. 편리함보다 불편함이 더 많은 곳이지만 날카로운 마음보다 따뜻한 마음이 더 많아서 가능한 곳. 개방함으로 오히려 존중되는 곳.

나는 이 낡고 오래된 곳에서 조금은 불편하게 살아보고 싶어진다.

당꽃무늬 히잡을 쓴 앞집의 그녀가 막냇동생의 손목을 끌고 집 안으로 사라졌다. 안에서 들려오는 야단치는 소리. 다시 아이가 밝게 웃으며 다시 집 밖으로 달려 나왔다. 양지바른 산골 마을의 오후다. 모든 것이 제자리로 돌아가고 있었고 돌아오지 못한 모든 것이 궁금해질 시간이다. 아! 나는 이 적막하고 고요한 골짜기로 들어온 지 며칠이나 되었을까?

누나가 챙겨준 알약을 입안에 털어 넣고 천장을 보니 잠시 눈이 뻑뻑해 온다. 칠이 벗겨진 자리는 부스럼처럼 부풀어 올라 병약해 보인다. 그 아래 매달려 있는 낡은 선풍기는 다시 제철을 기다리며 거미줄을 감고 휴식기에 들어간 지 오래다. 벌레 한 마리도 지나가지 않는 작은 방은 온전해 보이지 않는다. 깊고 좁은 골목이 보이는 작은 방 안에서 가장 건강한 것은 나였다.

누나가 챙겨준 알약들 덕분에 심장은 큰 소리로 날마다 새로운 것들에 즐겁게 반응한다. 알약 한 알을 삼키고 하늘을 보면 얼마 동안은 건강하게 세상을 바라볼 수 있을 것 같았다.

평생을 제자리 지키며 사느라 여행다운 여행 한번 가보지 못한 여자가 나이 든 막냇동생 여행길에 건강 잃지 말라고 챙겨준 약이다. 누나나 먹으라고 나는 건강하니 필요 없다며 괜찮다는 소리에 엄마 대신이라던,

그러니까 하루에 한 번씩 꼭 챙겨 먹으라던 알약들. 더 이상 피할 길이 없어 받아든 것이 아니라 미안한 마음에 그냥 슬쩍 챙겨 넣었다. 자기가 사는 곳을 벗어나면 죽는 줄 아는 여자, 그녀가 죽지 말고 건강하게 지내며 좋은 세상 많이 만나라고 챙겨준 알약. 오랜 기간 돌아다니다가 약이 다 떨어지면 이것보다 좋은 약 사먹으라며 빳빳하게 넣어준 지폐는 한때의 내 월급보다 많았다. 그것들을 주는 대로 받아 챙긴 그날의 마음도, 지금처럼 조금 무겁고 목구멍 깊숙이 커다란 알약이 걸린 느낌이었다.

나는 오래도록 길 위에서 몇 번쯤 누나의 얼굴을 떠올리며 숙제하듯 알약을 털어 넣었다. 간혹 여행자들을 만나면 숙제를 맡기듯 나눠주기도 했다. 나는 숙제를 열심히 하는 편은 아니었다. 머리가 나빠서이기도 할 것이고 누나의 마음을 자주 잊어버려서이기도 할 것이다.

알약들은 걸을 때마다 달그락달그락 소리를 냈고 빳빳하게 정렬된 지폐들은 알약보다 먼저 바닥을 드러냈다. 길을 가다 만나게 되는 수많은 누나 또래의 여자들을 보면 뚜렷한 이유 없이 알약처럼 또렷한 목소리들이 뒤통수에 달라붙는 듯했다. 건강하라고, 건강하라고. 그러면 잠시 온순한 마음이 되어 얼마 동안 미안한 걸음을 옮겨야 했다.

두통처럼 서리가 내렸다. 앞산은 고통에서 막 벗어난 듯 잠시 말없이 하얗게 날리는 눈보라를 마주하고 있다. 나는 조금 고통스러운 마음이 되고 싶었다.

　겨울의 입김이 가루약처럼 하얗게 뿌려진 차가운 골목을 맨발로 달려 발바닥이 찢어지고 피를 흘리면 이 미안함이 가라앉을까? 그곳에 오래도록 맨발로 서서 골목 끝으로 열린 하늘을 보면 잠시 그 미안함이 사라질까? 그러면서도 끝내 전화 한 통 할 수 없는 마음은 쓴 약처럼 괴롭다.

　아이가 알아들을 수 없는 노래를 부르며 골목을 달려 나간다. 아이야! 너는 또 너의 의지로 자꾸만 먼 데로 가려하겠지? 부디 바지춤에 넣어준 알약이 빠지지 않도록 조심조심 뛰어가길 바란다. 그 알약을 꼭 쥐고 드물게라도 네가 흘러온 쪽을 그저 한번씩 돌아보기 바란다. 언제 돌아가도 좋을 그곳을 기억하기 바란다.

　오늘도 당신의 마음을 닮은 알약 하나, 뜨겁게 삼킵니다.

　지구의 반대편에서 나를 기억하고 있을 내게 알약 같은 당신.

　나는 당신의 처방으로 오늘도 열심히 당신을 외면하며 위태롭게 걷습니다. 무심히 살아가는 나를 향한 당신의 아름다운 간섭. 당신이 말한 것처럼, 나 또한 당신을 사랑합니다.

가슴이 뛴다. 오랜만이다. 저녁 식사를 같 이하자고 했다. 단지, 그것만으로 가슴이 뛰기 시작했다. 미친 것이다. 오늘이 마지막이라고 했다. 그래서 심장은 더 빨리 뛴다. ▸시오세 다리, 해 지는 여덟 시. 그렇게 말해놓고 돌아갈 짐을 꾸린다. 그 도미토리에서 나에게만 주어진 약속이었다.

혹시, 그 말을 다른 사람들이 들었을지 모른다는 생각에 마음은 더욱 큰소리를 냈다. 차마 짐을 같이 꾸려줄 용기가 없어서 벌건 대낮부터 다리 위를 서성였다. 해 지는 시오세 다리 위에 어지러운 검은 차도르의 행렬이 이어졌다.

불안했다. 그 틈에 휩싸여 하늘을 보니 노을 속으로 수만 마리의 검은 새들이 뒤엉켜 있었다. 길고 긴 시오세 다리 어디쯤이라는 말을 하지 않았다. 여덟 시가 가까워 오는 시간, 나는 빠른 걸음으로 길고 긴 다리를 몇 번이나 왕복하면서 어쩌면 만나지 못할 수도 있다고 생각했다. 차가운 강바람을 맞으며 땀이 났다. 언제나 밤의 시간은 쏜살처럼 지나간다.

▸시오세 다리(Si-o-Seh Bridge) : 페르시아어로 숫자 33을 의미하는 이름을 가진 이스파한의 대표적인 다리. 길이 298미터, 폭 14미터, 33개의 아치로 구성되었다. "미라보 다리 밑으로 우리의 사랑이 흐른다"고 말한 프랑스 시인처럼 이란 사람들은 시오세 다리를 사랑과 아름다움이 가득한 곳이라 생각한다.

겨우, 식사 약속을 했을 뿐이었다.

이번에도 어쩌면 나는 나의 마음이 먼저였다.

총성도 울리지 않았는데 먼저 달려 나간 선수처럼.

실수였다.

오래전 그날도 그랬다.

내가 당신에게 결정적으로 한 실수는 그것.

처음부터 허락 없이 사랑하는 마음으로 일관한 죄.

바로 그것. 당신 마음과 상관없이 내 마음이 출발했던 것.

분명 당신은 그러라고 한 적 없는데 자꾸만 내 마음이 커져서 모든 것
을 사랑으로 일관한 죄. 나의 마음을 자만한 죄.

오랜만에 다시 실수를 했다.

이것도 다 너를 닮았기 때문이었는지 모른다.

사랑하기 전에

사랑하는 마음은 잠시 내려놓고.

해가 기울기 시작하나보다. 적어도 다섯 시쯤은 되었을 것이다. 모하메드는 찻잔을 들고 또 옆집 채소 가게로 놀러간다. 맞은편 옷 가게 건물 그림자가 내 발끝에 닿았다. 당장 먹는 일이 제일 큰 이벤트가 되는 할 일 없는 여행자의 시간. 이곳 야즈드^{Yazd}에서 별일 없이 지내는 동안 아이들은 새로운 학기를 맞이했고 어른들은 커튼을 갈아 끼우거나 하면서 무사히 보낸 계절에 안심하고 별일 없이 다음 계절을 맞이한다. 아무런 일이 없다. 모두가 평화로운 시간이다. 내 눈앞에 흐르는 시간으로 그들의 속사정을 알 수 있겠느냐만 세월은 대부분 그렇게 흘러간다. 그 사이에 일어나는 크고 작은 일들이 별일 없이 세월을 만들고 사람을 만든다.

"별일 없이 잘 지내는지요? 저는 잘 지냅니다. 며칠 출장을 다녀왔고 그 뒷일을 처리하느라 밤낮도 잊은 채 며칠을 살았습니다. 너무나 별일이 없음에도 답장이 늦었습니다."

별일 없다는 안부로 시작된 당신의 메일이 문득 행복하게 느껴졌다. 참으로 별일이다. 아무 일 없는 것은 살아 있는 것이 아니라 생각했는데, 뜨겁지 않은 것은 죽은 것이라 생각하던 마음은 어디로 갔는지. 별일 없다는 안부에 나도 별일 없이 잘 지내고 있으니 앞으로도 지금처럼 별일 없기를 바란다는 답장을 하고 동네 어귀로 나갔다. 이미 별일 없는 사람들이 다 사라지고 별빛만 남았다. 나는 저녁을 잘 먹었고 날은 또 어두워졌을 뿐이다.

여행을 와서 하릴없이 배회하는 나의 시간들과 밤낮 과중한 업무에 취해서 자기 발끝 한번 제대로 쳐다보지 못하는 일은 무엇이 다를까? 내가 별일 없이 동네를 배회하는 동안 당신은 별일 없이 바쁘게 일을 하며 천만 원 정도 더 모으는 정도. 그 정도의 차이가 아닐까? 그러다가 내가 천만 원이 필요하면 당신이 잠시 부러울 것이고, 당신이 지친 어느 퇴근길에 문득 떠나온 나를 떠올릴 때면 잠시 내가 부러워지는 정도. 그 정도가 아닐까 한다. 먼 훗날 문득 돌아보면, 지난 일은 모두가 별일 없는 일들의 연속일 것이다.

늘 행복해야 행복한 것이 아니라 불행하지 않으면 행복한 것이라 믿고 싶다. 여행을 가는 일, 생활을 지키는 일, 모두가 별일 아닌 시간의 또 다른 형태일 뿐. 그러니 그 별일 없음도 귀히 여겨 늘 현재를 별일처럼 특별하게 살아내야 하는 것이기도 하다. 나는 나의 별일 없음에 감사한다.

바다 위에 자라는 맹그로브 숲, 자신의 일부가 떨어져 또 다른 자신을 살리는 바다 위의 나무. 아주 드물게 여행자들이 그 숲을 보러 잠시 다녀간다고 했다. 그 숲을 바라보며 라프트 Laft의 작은 마을은 바다와 마주하고 있었다. 기사가 차를 세운 곳은 페인트도 칠해지지 않은 조악한 집들이 모인 작은 마을이었다. 마을의 한가운데, 그러나 사람들이 보이지 않았다. 조용하디 조용한 마을. 빗방울 사이로 훈풍이 불고 낯선 곳의 냄새가 나기 시작했다.

이 아름답고 작은 마을은 아주 평범하고 아무렇지 않아 보였다. 그 풍경에 현혹되어 내가 예상하는 많은 종류의 일들은 일어날 것 같지 않았기 때문에 짧은 시간에 마음이 평온해졌다. 어쩌면 이곳에서 바라보는 안전한 육지는 또 다른 하나의 커다란 섬인지도 모를 일이다. 그 육지라는 곳에도 온전한 내 집은 없는데, 나는 잠시 부질없는 걱정을 가지고 섬으로 들어왔다. 단지 섬이라는 이유로 고립된 것은 나의 마음이 먼저였다. 그러다가 잠깐 사이에 어둠이 내렸고 낯선 풍경을 배회하다가 잠잘 곳을 찾는 일을 잊어버렸다. 어디에도 여행자들을 위한 숙소가 없다는 것을 알면서도 빗방울이 사선을 그리던 시간, 새로운 고민이 시작되었다. 마음이 가랑비처럼 오락가락하는 사이 자꾸만 시간이 흐른다.

이란에서 가장 큰 퀘심Qeshm 섬의 서쪽, 라프트. 말처럼 맘처럼 정말로 결심하고 건너왔으나 정작 어둠이 깔리니 고민이 걱정으로 바뀌고 있었다. 간혹 오토바이를 타고 골목을 달리던 남자들을 세워 숙소가 될 만한 곳을 물어봤으나 모두가 이곳에는 그럴 만한 곳이 없다는 소리만 하고 사라졌다. 차마 당신의 집에 빈방 하나쯤 있지 않느냐고 물어보지 못한 스스로를 자책하던 시간. 이제 그마저 소용없을 깊은 시간이 되었다.

울컥, 눈물이 날 뻔했다. 마을에 울려 퍼지던 기도 소리가 들려왔다. 나는 기도 소리를 따라 모스크를 향해 조심조심 어두운 언덕을 내려왔다. 가로등에 늘어진 그림자 속의 나는 세상에서 가장 큰 사람이었다. 용기를 부르는 헛기침을 크게 한 번 하고 나니 얼마쯤은 괜찮은 기분도 들었다. 나는 오늘 과연 여기서 잠들 수 있을까?

더 이상 기도 소리가 들리지 않는 모스크. 발 냄새가 진동하는 컴컴한 기도실보다야 별빛이라도 볼 수 있는 모스크 마당이 좋을 거라 생각했다. 지붕도 없이 휑한 대리석 바다, 배낭에 머리를 대고 누우니 인적 없는 산속에 버려진 것처럼 심란한 마음이 좀처럼 가라앉지 않았다. 모스크 첨탑의 밝은 조명에 눈이 부서 돌아누웠다. 하얀 벽에 비친 나의 그림자가 무서운 밤. 끊임없이 나타나는 모기 떼와 푸른 도마뱀, 답답한 공기가 무모한 선택을 비웃는 듯했다. 그리고 시간은 결코 흐르는 것이 아니라 보내는 것이라는 것을 알았다. 가사를 제대로 외우지 못한 노래들을 더 이상 반복하지 못하고 다시 누운 차가운 바다. 생각해보니 내 인생 첫 노숙이었다. 눈뜨면 바로 이 섬을 빠져 나가리라, 꼭 그렇게 하리라 다

짐하던 밤. 절대로 눈 감을 수 없던 밤이었다.

잠시 잠이 들었던 것도 같던 이른 새벽, 사람들의 예배 소리가 잠깐씩 들리기도 했다. 그리고 다시 눈을 뜬 시간. 그래도 시간은 흘렀고 신기하게도 다시 날은 밝았다. 나와 상관없이 분주한 항구의 하루도 이미 시작을 준비하고 그것을 돕는 더 작은 아이들은 먹는 시늉을 하다가 나를 힐끔 보고는 웃기도 했다. 그리고 나는 그 아이들의 착한 큰아들이 되었다. 작은 아이가 주는 모래밥 한 숟가락을 손바닥에 올려놓고 냠냠거리는 늦은 아침, 해가 막 부쳐낸 계란 프라이처럼 뜨겁다. 텅 빈 위장이 웃음소리로 꽉 찬 시간. 선물로 그려준 식탁에서 일어나며 나는 "학교 다녀오겠습니다!" 하고 코흘리개 엄마에게 인사를 했다. 신나게 흔드는 작은 손바닥 사이로 정오의 태양이 바람개비처럼 팔랑거렸다. 분명 같은 섬 같은 마을인데 어제와 같지 않은 반짝거리는 풍경이 나의 마음을 바꾼다. '그래! 이렇게 그냥 돌아간다면 아무런 보람도 없지. 육지로 떠나는 마지막 배는 노을이 지고 난 뒤에도 충분히 탈 수 있어.'

어제 들른 구멍가게에서 어제와 같은 종류의 빵 한 봉지와 음료수를 사서 다시 복메던 그 언덕으로 올랐다. 여전히 태양은 찬란했고 맹그로브 숲 사이로 조각배들이 분주했다.

"샬람" 오후반의 아이가 언덕을 넘으며 인사를 했다. 책가방을 든 채 "사진 찍어주세요" 하며 웃던 사내아이는 어젯밤 모스크의 기도실에서 가장 어린 친구였다. "아저씨 학교에 놀러가요." 아이의 말을 나는 그렇게 해석했다. 어차피 할 일도 없었는데 등굣길 길동무나 되어줘야겠다고 일어섰다. 나의 왼손을 잡은 그 아이의 오른손이 너무 작아서 꽉 쥘 수가 없었다.

언덕 아래 학교까지 오 분도 채 안 걸리는 작은 마을답게 학교 건물도 너무나 단출했다. 시멘트 바닥 운동장에서 공을 차는 아이들이 교문으로 와르르 쏟아졌다. "공부 열심히 해" 하며 교문 앞에서 작별 인사를 하는데 나보다 어려 보이던 선생님이 손짓을 했다. "차 한잔하고 가세요!" 하며 악수를 청하던 검은 얼굴의 선생님. 코흘리개 엄마에게 "학교 다녀오겠습니다!" 하고 인사했던 것이 사실이 되어버렸다. 책상만 없었지 교무실은 아이들이 공부하는 교실과 다를 것 하나 없이 낡았다. 교실 세 개, 선생님 세 분. 외국인을 구경하겠다고 창문에 대롱대롱 매달린 아이들이나 궁금한 것이 많은 선생님이나 모두 같은 표정을 가졌다. 착하고 따뜻한 눈동자들이 갯벌의 코흘리개 엄마와 닮았다. 험한 마음을 가진 눈동자들은 수없이 많은 종류의 표정으로 번들거리는데 왜, 착한 마음씨의 눈동자들은 모두가 닮아 있을까?

차를 반쯤 비운 시간, 젊은 선생님이 수업시작 종을 울렸다. 고맙다고 일어서는 나에게 "빈자리 많으니 우리 반에 앉으세요" 하며 청한다. 나는 무릎도 들어가지 않는 조그맣고 귀여운 책상에 앉았다. 손가락을 접어가며 숫자를 세는 작은 손, 가지런히 깎아놓은 연필과 얼마 남지 않은

지우개, 낡은 칠판을 향해 초롱초롱 빛나던 눈. 마치 순식간에 몇 십 년 전으로 돌아간 기분이 되었다. 불과 반나절 전, 그 괴롭고 더딘 시간은 온데간데없이 사라지고 가능하다면 시간이 오래오래 더디게 흐르길 바랐다.

그날, 나는 결국 그 섬을 떠나지 못했다. 바다가 내려다보이던 그 언덕에서 오후반의 아이들과 붉게 저물어가는 아름다운 노을을 보았다. 노을이 지고 난 한참 후에도 나는 홀로 언덕에 앉아서 검은 바다 위의 별들을 보았다.

그것들이 좋더라.

다시 좋은 마음이 되어 바라보는 아름다운 것들은 결코 어둠에도 묻히지 않더라. 좋은 마음이 될 수 있는 내가 좋더라. 보이지 않는 많은 아름다운 것들이 별처럼 빛나던 그 섬이 나는 좋더라.

고작 하룻밤, 잠깐의 불편한 시간이 뭐라고. 그 하룻밤 때문에 나는 자칫 큰 후회를 하며 섬을 떠날 뻔했다. 그랬다면. 나는 코흘리개 엄마도, 때 묻은 찻잔을 건네던 따뜻한 마음도, 모든 것이 궁금하던 눈을 가진 하얀 교복의 아이들도 못 봤을 것이다. 그 눈동자들을 그 마음을 못 봤다면 그 섬에서 나는 결코 아무것도 못 본 것이다.

나는 그날, 내가 본 모든 것들이 좋더라.

Part 6
꽃의 미소

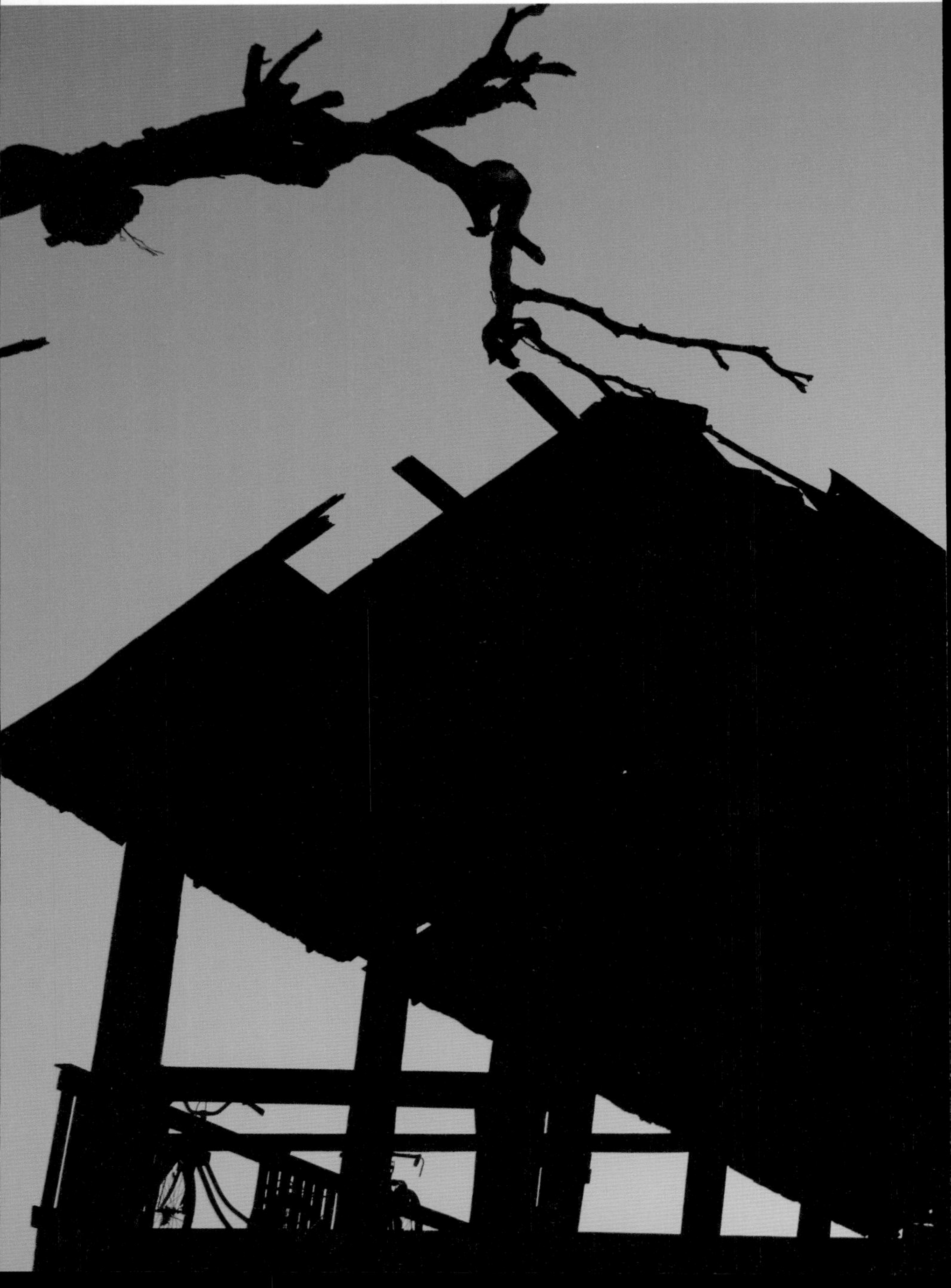

; 미얀마, 태국, 라오스

세 번째의 시도였다. 내가 미얀마로 여행을 해야겠다는 마음을 먹었을 때, 무슨 사유였는지 기억도 잘 나지 않는 이유로 비자를 거부당했다. 십 년 전 일이다. 두 번째 미얀마행을 결정했을 때 선거 기간이라는 이유로 다시 한 번 비자를 거부당했다. 오륙 년 전의 일이었다. 가고 싶은 곳이 많지는 않았지만 이유 없이 가고 싶은 나라가 있었다. 내게 쿠바가 그랬고 미얀마가 그랬다. 두 번이나 거부를 당하고 나니 어떤 오기가 생기기도 했지만 내 마음대로 할 수 있는 일이 그리 많지 않다고 생각하기도 했다. 그것은 좌절도 아니고 패배도 아니었다. 그래도 내 마음에 어떤 종류의 바람이 불었다. 언젠가는 그곳에 닿을 것이라는 희망도 더불어 생겨났다. 나는 그것을 믿었다. 너를 만날 순 없지만 너를 쉽게 잊을 수 없는 것은 결국 내 마음대로 되지 않는 것.

그리고 결국 오늘, 세 번의 시도 끝에 이곳 인네 호수에 누웠다. 소중한 흔들림이 전해졌다. 부처의 마음을 닮은 사람들 사이로 풍경 같은 바람이 불고 그 바람을 따뜻한 마음으로 공유할 수 있게 되었다. 약속한 적 없는 약속의 끝에 닿았다. 그립고 그리웠다. 너는 알지 못하는, 나만 아는 시간이.

끊임없이 나는 너에게 주파수를 맞추고 텔레파시를 보냈다. 일방적인 것은 언제나 불편하지만 그렇게 하지 않으면 안 되는 인연도 있는 것이다. 내가 상상해오던 그 호수에 나는 누웠다. 쉽게 진정할 수가 없어서 나는 누웠다. 호수를 그대로 느끼고 싶어서 나는 누웠다.

호수로 온 첫째 날, 서너 명의 여행객과 함께 호수를 떠다녔을 때도 분명 아름답다 생각했지만 십 년을 넘게 간직해온 나만의 약속을 공유하기에는 나는 마음이 그리 넓지 않았다. 그리고 이틀이 지난 오늘, 나는 다시 이 호수에 떠 있다. 귀하고 아름다운 시간을 타인과 공유하는 것도 그리 나쁘지 않았지만 나는 오랜 시간동안 꿈꿔왔던 이 풍경을 내 것으로, 내 방식대로 간직하고 싶은 마음이 더 컸는지 모른다.

　하늘을 향해 수평으로 유지하던 가슴이 좌우로 흔들거리고 있다. 구름을 본 것 같기도 하고 햇볕의 어느 한 줄기를 본 것 같기도 했다. 보트 끝에서 모터를 움직이던 청년은 앉아서 졸고 있다. 나는 누워서도 잠들지 않고 그는 앉아서도 잠잘 수 있는 평화로운 호수의 한가운데.

　이대로 계속 흘러간다한들 우리가 이곳을 벗어날 가능성은 없을 것이다. 세상이 제아무리 넓다한들 다 돌아보지는 못하는 것처럼. 우리는 그것을 절대로 넘어설 수 없지만 그래도 가보는 것이다. 실낱 같은 나의 약속을 세상은 안다. 너는 분명히 어딘가에 있고 내 마음은 간절했으므로. 나는 다시 벗어날 수 없는 가능성 안에 갇혀 또 다른 약속을 만들 것이다.

　약속하라. 타인이 아닌 당신과 약속하라. 당신이 그리워하는 것들에 대해서 희망을 놓지 말고, 당신이 하고자 하는 것에 의미를 잃지 말고, 당신이 지키고 싶은 것에 대해서 의심 없이 약속하라. 그리고 그것을 잊지 마라. 우리는 언젠가 그곳에 닿을 것이므로. 그것이 바람일지라도.

모든 것은 꿈이다. 당신이 사랑하던 일도 당신이 추억하던 일도 모든 것은 그렇게 꿈이다.

우리는 다시는 만날 수 없는 꿈같은 일들을 꿈꾸며 현재를 살기도 하지만 꿈은 언제나 현재를 살아내고 난 다음에야 만날 수 있는 것.

사랑하고 난 다음에야 비로소 꿈같은 사랑의 실체를 알게 되는 것처럼.

꿈같이 흘러간 시간을 알게 된 다음에야 그것이 소중했었다는 것을 알게 되는 것처럼.

어쩌면 대부분의 꿈은 알 수 없는 희망으로 꾸는 게 아니라 구체적인 경험에 의해 꾸는 것이다. 이미 사랑한 후에 또 누군가를 사랑하지 않고서는 살 수 없는 것처럼.

우베인 다리에 해가 저물고 있었다. 미얀마 만달레이Mandalay의 대표적인 아름다움으로 꼽히는 이유에서인지 건기의 낮은 강물 위에도 어김없이 노을은 풍부하게 지고 있다. 커다랗게 떨어지는 태양 앞에 걸쳐진 길고 아름다운 다리.

"내일 떠난다고 했지? 그럼 배를 타기 전에 미리 과일과 음료수를 준비하는 것이 좋을 거야."

선한 얼굴의 그가 해를 등지고 오토바이에 시동을 걸며 말했다. 만달레이에서 보낸 닷새 중, 그는 이 공해 가득한 열기 속의 도시를 나와 함께 이틀 동안 달려주었다. 도시 곳곳을 설명해주고 관람 방법까지 알려주던 착실한 성품이 맘에 들었다. 음료수 한 잔도 극진히 받아 들던 진중한 그를 여행지에서 보기 드문 인연이라 생각했다. 총명함을 늘 달고 다니던 그는 항상 먼저 나와서 나를 기다리고 있었고 어떠한 요구도 하지 않았다.

"그럼 숙소까지 가기 전에 시장에 나를 좀 내려줄래?"

그는 그러지 말고 어차피 새벽 배를 타려면 오토바이로 옮기는 편이 좋으니 자기가 데리러 오겠다고 말했다. 그리고 그때 배 안에서 먹을 과일과 음료수를 사오겠다고 했다.

고마운 마음에 과일과 음료수 값을 제한 얼마간의 수고비는 가져가고 또 그래도 남을 것 같은 나머지 돈은 새벽에 만나서 달라고 부탁하고 헤어졌다. 우리는 새벽 배 시간에 맞춰서 숙소 앞에서 다시 만날 것이다.

여전히 뜨겁던 삼월의 새벽. 배가 떠날 시간까지는 삼십 분도 남지 않았는데 그는 오지 않는다. 시계를 몇 번이나 확인했지만 시간은 정확히 흘러가고 우리들의 약속은 희미하게 사라져가는 느낌이었다. 십 분이 더 흐른 뒤에도 왠지 의심하기가 싫었다. 아름답게 노을 지는 석양 뒤로 밝게 웃던 상냥한 그 얼굴을 생각하면 절대로 의심할 수가 없었다. 스물넷의 그는 결혼까지 한 어른이므로, 작고 왜소한 몸집과 거친 피부를 가졌지만 그의 선한 미소는 무엇보다 반짝거렸으므로. 어두운 새벽, 그를 기다릴 수 있는 마지막까지 기다렸지만 그는 오지 않았다.

그 찰나의 순간들이 새벽안개처럼 깊숙이 내 속에서 침잠되다가 포기의 심정으로 번쩍, 마음을 갈라놓는다. 아, 그럼 이 새벽에 어디서 먹을 것을 준비해야 하는 것인가? 우선은 달러를 환전하는 일이 더 급한 일인지 모르지만 이 새벽에 환전할 곳이 있을 리 없다. 수중에는 달러를 제외하면 한 푼도 없었다. 숙소에서 선착장까지 가야할 비용까지 미리 계산해서 그에게 다 넘겨주고 남는 돈을 받으면 도착하는 도시에서 쓸 계획이었다. 만달레이에서 지내는 닷새 동안 우리는 매일 아침 인사를 나눴고 그중 이틀은 서로에게 좋은 친구 같은 드라이버와 여행자가 되었었다. 나는 그것을 믿었다. 그리고 그것만 믿었다.

배는 일주일에 두 편, 이것을 놓치고서라도 그를 만나서 나의 서운함을 토로한다면 괜찮아질까? 그러면 다음 배편까지 기다리면서 들 비용

과 시간은 또 어떻게 하지? 배를 포기하고 또 버스를 타야 하나? 그럴 수 없었다. 만달레이와 바간^{Bagan}을 연결하는 구간에서는 반드시 배를 이용하려고 일부러 이곳으로 돌아왔으니 그럴 수는 없다. 믿었던 구석이 사라지고 난 뒤 나의 속은 자꾸만 경제적인 것만 생각해낸다. 이런 식의 마지막이라면 어디를 가더라도 그곳과 인사하기 힘들어질 것만 같았다.

믿으면 믿을수록 자주 헷갈리는 것이 마음 아니겠는가? 길 위에서 만나게 되는 현지인과 여행자의 관계는 간혹 수월하지 않았다. 처음과 끝이 같은 경우는 드물었다. 내가 믿었던 선한 마음들은 빠르고 잦은 형태로 물질에 부림을 당했다. 우리는 두 번 다시 볼 사람이 아니므로 그 속도는 더 빨랐는지 모른다.

세상의 바다에서 부딪힌 우리는 서로에게 아무것도 아닌 인연이지만, 서로가 서로를 보살피는 정성으로 순간을 살아내는 방법을 외면하지 말아야 한다. 어쩌면 그는, 저기 멀리 멀어지는 선착장 강가에서 늦었다고, 미안하다고, 싱싱한 과일 봉지를 치켜들고 또 만나자고 손을 흔들지도 모른다. 아니 지금이라도 졸린 눈 비비며 오토바이 시동을 걸어주길 바란다. 우리는 어쩌면 다시는 만나지 못할 인연. 아무것도 아닌 관계. 비록 소용없는 일일지 모르지만 그렇게 당신은 당신 마음에 지지 않기를 바란다. 당신이 처음 내게 보여준 심성 그대로였으면 한다. 오래 그렇게 되기를 바란다.

4

아주 오래전 인도에서였다. 마지막을 활
활 태우며 연기로 사라지는 시신을 지켜보는데 어느 인도인이 말했다.
갠지스에서 화장을 하면 다시 인간으로 태어나지 않을 수 있다고. 그래
서 그의 소원은 갠지스에서 생을 마감하는 것이라고. 슬픈 목소리임이
분명했으나 어둡지 않고 담담했다. 그 말이 사실일지는 모르나 그 말을
떠올릴 때마다 나는 가끔 갠지스로 가고 싶다. 다음 생애에는 분명 다시
만나지 말아야 할 사람이 있으므로.

다시, 어느 길 위에서 누군가가 말했다. 당신이 살아 있는 동안 지금
당신의 삶을 뛰어넘지 못한다면, 다시 태어나더라도 지금의 삶을 반복할
수밖에 없다고. 절대로 끝이 아니라고. 누구나 스스로의 삶을, 사랑을
함부로 방치해선 안 되며 살아 있는 동안 끊임없이 진화해야 한다고. 그
래야만 한다고 했다. 그들은 한층 빛나는 눈과 현명한 목소리를 가졌었
다. 그 말이 사실인지는 모르겠으나, 나도 그들의 현명함을 닮고 싶었다.
당신도 사랑하지 않은 나를, 나 역시 사랑하지 않으므로.

나는, 사라져 없어질 것인가? 새롭게 다시 나타날 것인가?

5

수많은 발걸음을 받아들여 움푹 파이고 좁은 길, 그 위에 멈춘 당신의 신중함을 사랑한다.

손때 묻은 담벼락에서 졸고 있는 당신의 피곤한 시간을 사랑한다.

진득하게 눌러앉은 앉은뱅이 의자 같은 당신의 의지를 사랑한다.

간절한 높낮이의 흥정이 가득한 통로, 그 속에서 빛나는 당신의 애절함을 사랑한다.

구겨진 지폐보다 선명한 당신의 값진 주름을 사랑한다.

끼니 거른 굽은 허리로 젖을 먹이는 당신의 사랑을 사랑한다.

좌판 밑에 넣어둔 딸아이의 교복을 흐뭇하게 바라보는 당신의 희망을 사랑한다.

흥정 끝에 그냥 돌아서는 뒤꿈치를 원망하지 않는 당신의 너그러움을 사랑한다.

다 팔지 못한 바구니에 저녁노을을 담고 돌아서는 뒷모습, 결과에 연연하지 않는 당신의 체념을 사랑한다.

찜통 같은 더위, 오랜만에 제대로 유적지 한번 들러보겠다고 열일곱 시간 배를 타고 와서는 날마다 시장에서 시간을 보내는 나의 아둔함을 나는 사랑한다.

내가 미얀마에서 마지막으로 선택한 도시 바간. 사원의 탑들이 기울어가는 해를 버티며 그림자를 만든다. 삼천 개가 넘는 사원 사이로 삼천 개가 넘는 해가 지고 있다. 나는 이곳에 온 이후로 계속 식은땀을 흘리며 병약한 여행자가 되었다. 허리 한번 제대로 펼 수 없는 통증을 안고 해가 지는 강가의 낮은 풍경 속에서 나지막이 빌기도 했다. 오늘까지 죽도록 앓아줄 테니 내일이면 깨끗이 나을 수 있게 해달라고. 기도는 아무나 하는 것이 아닌가 보다.

내가 타야 할 기차는 하루에 한 번 바간과 수도 양곤을 이어주는 기차였다. 열다섯 시간을 가야 하니 몸이 아프다는 핑계로 우선 제일 좋은 일등석을 예약했다. 여행하는 동안 처음 타 보는 일등석이다.

일등석은 총 네 명의 승객만 탈 수 있도록 되어 있고, 화장실과 에어컨까지 갖춰져 있었다. 하지만 모든 것이 제대로 작동되지 않았고 기차가 출발하고 십 분도 안 돼 객실은 정전이 되었다. 객실에 승객이 나 혼자인 게 그나마 다행이었다. 마치 사람이 살지 않는 낡은 궁전, 먼지 덮인 식탁에 홀로 앉아 있는 기분이었다. 정전으로 쓸모없어진 에어컨 때문에 네 개의 창문을 모두 열어놓으니 지나가는 풍경들이 경쟁적으로 밀려들어 왔다. 철로 가까이 자라난 초록의 나뭇잎들이 두통이 남아 있는 내 이마를 스치고 지나간다. 아직 해가 지기까지는 조금 시간이 남았고, 나는 별일 없다면 내일 점심까지는 양곤 공항에 도착할 수 있을 것이다.

그렇게 생각하니 조금은 열이 내려가는 것 같기도 하고 단단하게 통증에 묶여 있던 근육들이 풀리는 기분이 들기도 했다.

　바간을 완전히 벗어난 기차는 자주 느려지거나 멈추었다가 심하게 흔들리기도 했다. 그 사이 집들이 몇 채 보이기도 했고 작은 마을이 뒤로 물러나기도 했었다. 미얀마 어디서나 볼 수 있는 풍경이니 지끈거리는 이마나 만지며 열다섯 시간을 견뎌볼 생각이었다.

　철로 변에 아이들이 드문드문 달리는 기차를 멍하니 바라보았다. 이마를 만지던 손을 허공으로 밀어 넣고 착하게 흔들었다. 나를 못 본 건지 아이들은 반응이 없었다. 홀로 일등석을 지키던 나는 조금 더 애착을 가지고 열심히 흔들었지만 역시나 반응이 없다. 미얀마 어딜 가든지 반갑게 손 흔들던 아이들이 있었는데……. 뭐 그럴 수도 있겠다. 그 귀여운 것들이 내게 환한 얼굴로 손 한 번 흔들어주고 눈 맞춰준다면 미얀마를 떠나는 마지막 열차에서 조금은 즐거워질 텐데.

　그때, 누군가 달리는 기차로 뛰어들었다. 내가 잘못 본 것이 아니었다. 서로 일정한 간격을 두고 서서 빤히 기차만 바라보던 작은 아이들이 간혹 기차가 달리는 선로 근처로 뛰어들었다. 정말 그랬다. 진행 방향으로 몸을 틀어 다시 그 모습을 확인했을 때, 또 빨간색 티셔츠를 입은 아이가 달리는 기차 쪽으로 급히 뛰어들었다. 그것은 어떠한 직감에서였을까? 아니면 어떤 종류의 신호를 받은 것일까? 내가 그들을 향해 아무리

손을 흔들어도 반응을 하진 않던 아이들이, 무슨 이유에서 저렇게 필사적으로 기차 근처로 달려드는 걸까?

기차가 부드러운 곡선을 그리며 다시 한 무리의 아이들 곁을 지나갔다. 그때 다시, 길게 늘어선 아이들에게 아주 드문 간격으로 뭔가가 던져지고 있었다. 잠시 내 눈을 의심하기도 했지만 그것을 향해 필사적으로 달려드는 아이들을 보았다. 현지인들의 전용 칸이라고 할 수 있는 앞 칸 객실에서 잦은 간격으로 때로는 드물게 뭔가를 기차 밖으로 던졌다. 그래서 아이들은 손 흔들지 않았구나. 어느 칸에서 언제 날아올지 모르는 그것을 낚아채기 위해, 손 흔들지 않은 것이 아니라 손 흔들 틈이 없었구나.

왜, 그것을 던져주느냐고 묻고 싶었지만 나는 일등석에 혼자 자리를 지키고 있다. 기차라도 타고 양곤 방향으로 흘러가는 사람들은 기차 밖의 그들보다 조금은 사정이 나은 사람들일지 모른다. 그들은 그렇게 흘러가는 도중 아이들이 나타나면 가지고 있던 간식이나 음료수들을 던졌다. 아이들에게는 마치 달리는 구멍가게처럼 느껴지기도 할 것이고 돈을 넣지 않아도 튀어나오는 커다란 자판기 같기도 할 것이다. 복잡한 마음이 들었지만 그들의 착한 마음을 의심하지 말자. 안전상의 이유로 내가 가지고 있던 바나나와 과자들, 한 끼 식사거리도 안 되는 것들을 끌어안고만 있기에는 차창 밖 아이들의 시선이 너무 절박해 보였다. 별 도움 되지 못할 것들을 던져주면 결국 그들을 또 철로 변으로 불러들이는 것이 되고 말테지만, 모든 판단은 각자의 것이다. 던지지 않고서야 전해줄 방법이 없으니 던지는 것이다. 뛰어들지 않고서야 받을 수 없으니 뛰어드는 것이다.

날이 어둑어둑해지는 시간까지 자신의 영역을 일정하게 유지하며 아이들은 정전된 채 달려가는 기차를 애타게 바라보고 있다. 식은땀을 흘리며 바라보던 어제의 사원들은 기억나지 않는다. 다만 잠시 빠른 속도로 지나가던 여러 개의 작은 눈동자들이 나뭇잎처럼 뜨거운 이마 위로 지나간다.

나는 가지고 있던 비스킷 봉지의 귀퉁이를 조심히 열었다. 네모반듯한 비스킷 사이로 새하얀 크림이 꿈처럼 묻어 있다. 비스킷 한 칸을 빼내서 입에 넣고 남아 있던 미얀마 돈을 전부 그 틈으로 밀어 넣었다. 바삭하게 부서지는 비스킷 때문에 잠시 목이 메어 눈물이 핑 돌았다. 창밖을 보니 멀리서부터 한 무리의 아이들이 급하게 가까워지고 있었다. 다시 한 번 굵은 침을 삼키고 오른 손을 창밖으로 던졌다. 그리고 큰 소리로 "밍글라바~(안녕)" 하며 손을 흔들었다.

'밍글라바, 나의 마음이야! 나는 네가 누군지 모르고 너도 나를 모르

지만 우리는 이렇게 인사한 거야! 우리는 이렇게 인사했으니 그 이유만으로 서로 잘 살아야하는 거야! 밍글라바!"

과자 봉지를 향해 필사적으로 달려드는 서너 명의 아이들 중, 나는 결국 그 누구와도 눈 한번 제대로 마주치지 못한 채 기차의 속력만큼이나 빠르게 멀어지고 있었다. 손 흔들지 않는 아이들. 손 흔들 수 없는 아이들. 그들에게 내가 던진 것이 무슨 도움이 되겠는가? 나는 단지 나의 마음만 위로하며 어떤 종류의 마음을 덜어내기 위해 창밖으로 그것을 던졌을 뿐이다. 그랬을 뿐이다.

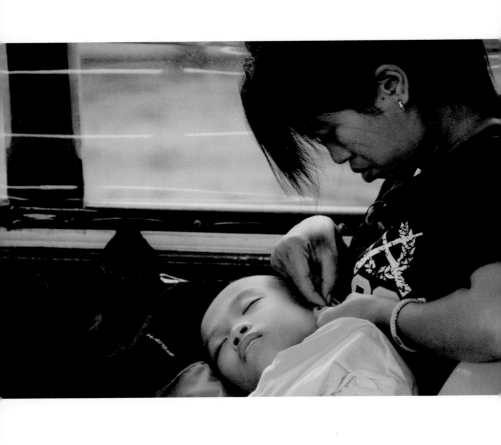

　　　　　　　　　　새벽, 파란 하늘 아래로 폭우가 쏟아진
다. 빗소리에 더 이상 잠들지 못하고 처마 밑에 앉았다. 죄책감 없는 사
람들만 깊은 잠에 젖을 시간. 주체할 수 없는 마음이 빗물 같이 흐른다.
엄청난 양이다. 막을 수 없는 가까운 과거가 갑자기 시간의 흐름을 역류
한다. 왜, 갑자기 그런 생각이 났을까? 생생하게 지워지지 않는 그 말이.

　"됐어, 그런 촌스러운 우산 엄마나 많이 써요. 그냥 비 맞고 가는 게
낫겠어요. 식구가 몇이나 된다고 우산 하나 번듯한 게 없냐고……."

　스스로도 너무하다는 생각에서 어머니 앞에서 차마 뱉지 못한 못한
말도 있다.

　'저런 것을 쓰고 다니느니 차라리 감기 걸려 죽는 게 나아.'

　속으로 한 말도 말이며 생각만으로도 충분히 발설한 것이다.

　오늘처럼 비 오는 날, 이런 종류의 후회를 하게 될 줄 나는 알았을까?

　담배 연기가 빗물에 젖지 않는 것처럼, 보이지 않는 생각도 절대로 사
라지지 않는다.

　어느 날, 갑자기 또 이렇게 비는 올 것이다.

창이 없는 창문으로 쏟아지는 햇볕에 발을 말리며 메콩 강의 바람 위를 걷는다. 조지 윈스턴의 〈Thanksgiving〉. 아직 씨도 뿌리지 않은 계절, 더운 날에 듣는 추수감사절. 나는 바람 위를 걷고 있다. 붉은 황토물이 넘실대는 강가에 지친 열대나무들이 줄지어 서 있다. 저 붉은 강물 위로 검고 날렵한 나룻배 한 척만 지나간다면 나는 사진을 찍어 엽서를 만들고 싶다.

발끝에 걸려 있는 먼 산으로부터 작은 카페의 베란다까지. 그 공간 사이 무수한 풍경들. 나는 하루에도 수십 번 마음으로 걷는다. 하루에도 몇 번씩 마음으로만 다녀온다. 여행 와서 움직이지 않는다고 여행자가 아닌 것은 아닌 것처럼, 나는 자주 움직이지 않고 여행자가 되기도 한다. 모두가 그 길을 걷는다고 해서 나 역시 걸어야 하는 것은 아니듯. 눈앞에 보이는 것을 두고 때로는 상상만으로 가능한 것이 여행이기도 하다.

여행이란 언제나 현재 진행형이다. 생각만으로도 이미 시작이다. 때로는 과거의 여행을 추억할 수 있는 일 또한 추억하는 동안은 현재 진행형이다. 그러므로 여행은 늘 일어나는 일이며 언제든지 가능한 일이다. 남의 여행을 듣는 것이든 자신의 여행을 계획하거나 추억하는 것이든 당신은 항상 여행 중인 것이다. 은밀히 말하면, 하고 싶지 않아도 저절로 하게 되는 것이 여행이다. 오늘 당신이 가야 할 곳이 있고 내일 당신이 가야 할 곳 또한 당신의 생각 속에 있는 한, 여행은 계속 된다. 단지, 멀거나 가깝거나. 하지만 우리는 잘 안다. 그것은 아무런 문제가 되지 않을 수도 있다는 것을. 당신이 희망하는 그곳이 멀다면 먼 대로, 가깝다면 가까운 대로 당신은 끝내 여행을 하고 말 것이다. 언젠가는, 이라는 가능성을 열어두고 있으니. 여행을 하지 않고서 여행할 수 있는 것이 여행이고, 여행을 하면서도 여행하듯 살지 않는 것 또한 여행이다. 여행의 반대말은 삶의 끝. 그러니 당신은 사는 동안 여행자.

방콕처럼 만만하고, 급하고, 신 나고, 저주
스러운 도시가 세상에 몇이나 될까? 그것도 카오산로드. 이번 여행에서
만 두 번째다. 세상 대부분의 여행자들이 한 번쯤 거쳐 가면서 어쩔 수
없이 만들어진 많은 것들. 그 어쩔 수 없이 만들어진 것들이 반드시 필요
한 곳 카오산로드. 만약 당신도 그곳에 도착하게 된다면 그것들 속에서
흔쾌히 흡수될 것을 믿는다.

단, 자신을 속이지 마시라. 함부로 부정하지도 서둘러 긍정하지도 마
시라. 그리하여 당신이 가장 당신다울 때를 발견할 수 있는 유일한 도시
에 당신은 서 있을 수 있다. 그 요지경 같은 다양성 속에서 걷다 보면 한
번쯤은 당신을 닮은 누군가를 발견하게 될 수도 있다. 국적을 불문한 동
지 의식. 여행자들의 결탁. 그것이 당신을 설레게 하거나 반성케 하거나
당신이 당신처럼 살아도 문제없다는 것을 가장 잘 알려줄 수 있는 도시
방콕, 그리고 카오산로드. 모든 것이 다 있다고 해도 모든 것을 다 만날
수는 없듯이, 기대하지 말아야 희망도 생긴다는 것을 알게 해준 우연의
도시.

오래된 여행자 대부분은 카오산로드에서 여행을 시작하거나 마무리
한다. 마치 영적 본거지처럼, 여행을 단련시킬 유일한 성지처럼 말이다.
그리하여 카오산로드를 통과한 당신의 여행은 새로운 곳에서 조금 더 궁

정적으로 적응할 것이며, 카오산로드에서 마무리된 당신의 여행은 여행의 여운을 좀 더 길게 연장시켜줄 것이다.

많은 사람들이 카오산로드가 달라졌다고들 말하지만 내 눈에는 여전히 여전한 곳. 내가 변하지 않은 것인지 그들이 변한 것인지는 모르겠지만 세상에 변하지 않는 것은 또 뭐가 있을까? 모든 것을 여행자들이 변화시켰고 또 스스로 진화하기도 했다. 여전히 번잡하고 흥분되는 곳. 한때, 모든 것이 일 년 내내 발기되어 있는 그곳의 번잡함이 부담스러웠던 적도 있었지만 역시 세상이 변하는 까닭에 내 마음도 변한 것이다. 당신이 변하지 않는 한 그곳도 쉽게 변할 수 없으리라.

JUICES
Vegetables+Fruits
100% > no sugar

Fruit Punch

Detox set

Pineapple
สับปะรด

Guava   Carrot   Beet root   Watermelon   Dragon fruit

카오산로드, 여행자들의 대합실.

세상의 모든 언어가 공존하는 곳.

구멍 난 여행을 수선하는 곳.

아직 꺼내지 않은 여행에 흙탕물을 바르는 곳.

흩어진 여행을 끌어안아 밀봉하는 곳.

나의 마음쯤이야 빛나거나 묻혀 사라진다 해도 아무렇지 않은 곳.

화려한 웅덩이.

세상의 모든 여행자들이 각자의 영법으로 헤엄치는 곳.

늘 그곳으로부터 여행이 계획되는 곳. 그래서 자신도 어쩔 수 없게 만
드는 곳.

오래된 여행자들은 가끔, 카오산 쪽을 바라보며 담배를 피우거나 즐
거운 부정을 하게 될 것이다.

거친 닭 울음소리에 잠을 깼다. 시곗바늘은 네 시를 조금 지나고 있었다. 너무 이른 시간에 잠을 깬 것은 아닌가 자책하면서 닭이 우는 방향으로 독한 담배 연기를 뿜었다. 연기 뒤편으로 희미하게 만리장성이 보인다. 만리장성의 소실점은 환하게 웃는 늙은 중국인의 오른쪽 어깨 너머로 사라지고 있었다. 객실마다 걸린 액자 속에서 환하게 웃는 노인은 주인장의 아버지다. 내게 기억에도 없는 만리장성이 이곳 루앙프라방*Luang Prabang*의 외진 숙소까지 이어져 있다. 루앙프라방에서 만리장성이라……. 마치 불국사 기념품 가게에서 돌하르방을 파는 것 같다는 생각을 하면서 여전히 천장을 보고 있다. 꿈을 꾸었나? 기억이 없다. 다시 잠을 청하기 힘든 기분. 저 놈의 닭은 시도 때도 없이 울어대는데 왜 아무도 모가지를 비틀지 않는 거야! 더 이상 잠이 오지 않는다.

아! 지금은 너무 이른 시간이다. 이대로 계속 누워 있으면 아마도 두 시간 후에는 승려들의 새벽 탁발을 볼 수 있겠지. 푸른 새벽 공기를 뚫고 나타나는 스님들의 아침 공양. 이곳에 도착한 다음 날, 그 말 없는 풍경을 본 뒤 다시는 그 새벽 풍경을 보지 못했다. 이대로 다시 잠들지 않는다면 한 번 더 탁발에 참석할 수 있을 것이다. 스님들의 행렬이 사라지면 좁은 골목에서 열리는 시장으로 산책을 가겠지. 그러면 할머니가 덜어주는 하얀 찰밥 한 덩이를 사서 누렇게 흘러가는 메콩 강가로 가야지. 메콩 강보다 늙은 고목 사이에서 노래를 듣다가 조물조물 주무른 찰

밥을 먹으며 강을 건너는 사람들을 구경해야지. 네가 선물한 열 두곡의 노래가 끝나면 더워지기 시작할 것이고 아마 짜르^{Czars}의 〈Little Pink House〉를 들을 때쯤이면 강물로 모든 햇볕이 몰려들겠지. 눈부신 햇빛에 얼굴을 환하게 씻고 나면 다시 잠투정이 심한 아이처럼 조금의 시간을 더 가지려 할 거야. 아쉬운 마음으로 메콩 강과 잠시 이별을 고하고 별일 없다면 다시 숙소로 돌아갈 거야. 카운터에 앉은 주인장에게 어제와 같은 인사를 하겠지. 그러고서 커튼을 치고 다시 밤을 만들지. 잠시 얕은 두 번째 잠을 잘 거야. 다시 잠든 오늘은 몇 시쯤 눈이 떠질까?

오후의 세수를 하고 다시 나서는 두 번째 산책. 사원 옆 학교에서는 책 읽는 소리가 들리고 교문 앞 옥수수 장수의 어린 딸은 오늘도 오토바이 그늘 아래서 졸고 있겠지. 낡은 골목. 늘 새로운 사람들. 평소보다 절반쯤은 나태해진 오래된 여행자들은 카페에 앉았을 테고 어제 막 도착한 새로운 여행자들은 같은 모양의 자전거를 타고 산책을 할 시간. 오늘은 어떤 카페를 갈까 고민하다 결국 어제 그 카페에 앉아 같은 음식을 먹게 되겠지. 빅 트리, 카페 이름만큼이나 키가 큰 주인장이 찍은 벽면의 사진들. 한참 그 사진 속을 걷다 더위가 사라질 즈음 사진 속의 사람들처럼 흐뭇한 표정이 되어 또 낡은 거리를 걷겠지.

늘 안녕한 오후의 루앙프라방. 의미 없는 시간은 골목을 따라 사라지고 오래 기억될 사실들이 차분히 살아나는 곳. 오래된 골목 사이로 다

자란 슬픈 마음들이 골목이 전부이던 어린 시절로 안내하는 곳. 나는 그 짧은 시간에 몇 십 년쯤 젊어진 마음이 되어 버릇처럼 사랑하고 싶겠지. 사랑할 사람 없이도 충만한 마음이 되어 지루하지 않은 시간을 걷겠지. 혼자도 낯설지 않는 곳. 내가 만약, 사랑하는 사람 없이 생을 마감한다면 이 골목 때문이야. 어쩌면 해가 지는 풍경 때문이기도 할 거야. 향긋한 꽃나무 터널의 계단을 따라 푸시*Phousi*산 꼭대기에 오르면 루앙프라방의 비밀이 벗겨지지. 멀리 메콩 강 너머로 기울어가는 저녁노을을 본다면 사랑 없이 이대로 늙는 것이 가능할 것 같은 마음이 들기 때문이야. 해가 사라지던 속도로 그날의 좋았던 점을 생각하며 다시 계단을 차곡차곡 내려오겠지.

선량한 사람의 손금처럼 굴곡 없는 풍경이 어둠에 묻힐 시간, 야시장에 갈 거야. 젊은 아가씨들의 손금이 닳도록 수놓은 이불 속의 그림들이 낮에 본 풍경들과 너무나 닮아서 함부로 깎아달라고 말하기도 힘들지. 작은 손으로 접은 붉은색 종이 등불들이 팔려나가지 못하고 늦도록 야시장을 밝히겠지. 그 등불들이 뉴욕의 어느 식탁에서 환하다면, 유럽의 어느 집 베란다에서 빛난다면, 등불을 만든 아이의 밤은 조금 편안해질까 하는 소소한 생각을 하면서 걷는 환한 야시장.

오늘 밤도 그 앞을 지날 거야. 여러 개로 흩어진 내 그림자를 꼼꼼히 밟으며 그림자처럼 희미해진 기억들을 발견하기도 하겠지. 사람들이 피워 올리는, 반딧불처럼 작고 환한 대화들을 조금 더 심장 가까운 곳으로 데려다주는 음악들. 들리지도 않은 대화를 들으며 지나가는 밤의 거리. 마치 모두 아는 사람들 같아서 그 누구도 낯설게 만들지 않는 밤의 루앙프라방. 아, 나는 이 이국의 거리에서 고요히 미쳐갈 거야!

아무리 생각해봐도 특별하게 할 일 없는 루앙프라방. 그것뿐이야. 오로지 걷는 일. 같은 골목을 착각 속에서 여러 번 걷게 되는 곳. 그래도 매일 새로운 곳, 루앙프라방.

매일 같은 삶이 반복되어도 행복해야 행복인 거야. 천 년을 함께 살아도 다음 천 년을 다시 함께하기를 바라는 것이 사랑인 것처럼.

커튼을 열었다. 망고나무의 그림자가 해가 뜨는 반대편으로 늘어졌고 붉은 지붕 위에서 고양이가 낮잠을 잔다. 환한 오후의 빛이 만리장성처럼 장황하다. 어찌된 일일까? 나는 도대체 얼마나 잔 걸까? 나는 왜, 지금이 새벽 네 시라고 생각한 걸까. 하지만 상관없다. 늦잠에 빠져 빤한 하루를 기억해내는 일. 나쁘지 않았다. 아니 어쩌면 이 정도의 여유가 지금 나로서는 최대한의 행복일지도 모른다. 사소하고 흔한 행복.

때로는 착각, 루앙프라방에서는 그것이 당신을 행복하게 할 것이다. 어린 시절, 낮잠에서 깬 저녁에 주섬주섬 책가방을 챙기던 기억처럼 시간의 개념을 잠시 잊어도 되는 곳. 그 정도의 착각으로 내 인생이 크게

잘못될 일 없다는 것을 아는 까닭에 비슷한 오늘이 가고 비슷한 내일이
와도 괜찮은 곳. 하지만 늘 새로운 기분으로 걷게 되는 곳. 이곳에서는
누구나 한 번쯤 착각을 할 것이다. 기분 좋은 착각.

아! 오늘은 야시장에서 첫 식사를 하겠구나.

오후 네 시의 착각.

그리고 루앙프라방.

저기, 당신의 시선이 끝나는 그 끝에 소실점으로 사라지는 풍경들, 시간들.

그리고 그곳에 닿으면 그곳은 어느새 출발점.

아무리 걷고 걸어도 쉽게 끝나지 않는 것이 삶이다.

끝까지 걷는 것을 중요시 여길 것이 아니라

그곳까지 가는 동안 만나는 것들을 소중히 여겨야 한다.

당신의 의지가 멈추지 않는 한 길은 끝나지 않으므로.

당신의 의도로 걷는 그 길 위에서 의도하지 않는 많은 것들을 만나는 일.

그리고 또 걸어야 하는 일.

삶은 끝을 보는 것이 아니라 앞을 보는 것이다.

생이 끝날 때까지.

어디에서도 스스로 아름다워질 권리. 그리고 그것을 믿는 일. 우리는 길 위에서 그것을 배워야 했다. 길을 걷다가 우연히 만나게 되는 것들을 사랑하고 그 속에서 자유로운 일. 남들이 뭐라고 해도 내 마음을 믿어보는 일. 그래서 마침내 조금 다른 방법으로 살겠다는 마음 하나 가지고 왔던 곳으로 돌아가는 일. 조금 이상한 사람이 되어 살더라도 나쁘지 않겠다는 생각이면 언제라도 좋다. 길 위에서처럼 살 수야 없겠지만 길 위에서처럼 작은 일에 감사하고 큰 실망에도 좌절하지 않으며 이것이 전부라고 생각하지 않는 마음. 그렇다면 나는 결국 조금은 이상한 사람이 되더라도 상관없겠다. 서울, 그곳에서.

꽃이 피기도 전에 떠났던 그곳. 나는 잠시 다른 세상에서 살다가 돌아가지만 결국 세상은 모두 같은 곳이라는 것을 안다. 나를 속이던 것들도 내가 속였던 것들도 결국 지고 나면 그만이고, 다시 필 세월 앞에 조금 더 넉넉한 마음으로 남은 삶을 정중하게 살아야 하는 것. 당신이 만났던 길 위의 모든 것들. 당신에게 힘이 될지언정 정답이 되지 못함 또한 잘 안다. 세상을 다 뒤져도 이미 답은 당신의 마음속에 처음부터 있었기 때문에. 지금의 생활에 크게 불평할 일도 크게 실망할 일도 없는 것이다. 당신이 비를 맞고 떨고 있는 순간에도 언젠가 다시 필 것을 아는 것처럼.

부르릉, 폭우처럼 시동이 걸리고 버스 안의 또 다른 세상이 움직인다. 우리는 저마다 가슴에 꽃을 하나씩 달고 창밖의 세상을 구경하러 간다. 그 풍경이 아름답거나 실망스럽거나 모두 당신의 책임. 출발한 버스는 절대로 되돌아가지 않는다. 다만, 버스에서 내릴 때 당신의 마음이 조금 더 충만해져 있기를 바라는 것이다. 꽃이 지기 전에 우리는 도착할 것이다.

아무도 그립지 않다는 거짓말

ⓒ 변종모 2012

1판 1쇄 발행 2012년 2월 1일
1판 4쇄 발행 2013년 12월 2일

지은이 변종모

펴낸이 이병률
편집 김지향 이희숙
마케팅 방미연 정유선 이동엽
인터넷 마케팅 김희숙 김상만 이원주 한수진 이천희
제작 강신은 김동욱 임현식

펴낸곳 달
출판등록 2009년 5월 26일 제406-2009-000034호

주소 413-120 경기도 파주시 회동길 210
전자우편 dal@munhak.com
전화번호 031-955-2666(편집) | 031-955-8889(마케팅) | 팩스 031-955-8855

ISBN 978-89-93928-42-6 03810

• 이 책의 판권은 지은이와 ㈜달에 있습니다.
  이 책 내용의 전부 또는 일부를 재사용하려면 반드시 양측의 서면 동의를 받아야 합니다.
  달은 ㈜문학동네 계열사입니다.

• 이 도서의 국립중앙도서관 출판시도서목록(CIP)은 e-CIP홈페이지(http://www.nl.go.kr/ecip)와
  국가자료공동목록시스템(http://www.nl.go.kr/kolisnet)에서 이용하실 수 있습니다.
  (CIP제어번호 : CIP2012000207)